# 夜のお茶漬け

食堂のおばちゃん⑪

山口恵以子

ハルキ文庫



角川春樹事務所

目次

# 夜のお茶漬け

食堂のおばちゃん11

# 第一話

# 夜のお茶漬け

「あら、これ、ご飯に合う」

ニラとしめじの炒《いた》め物を口に入れたワカイのOLが呟《つぶや》いた。本日のランチ定食の小鉢の一品で、ニラとしめじをゴマ油で炒め、醬油《しょうゆ》とみりんで味を付け、仕上げに煎《い》りゴマを振ってある。

「これ、もしかしてお初？」

「正解。本日初登場です」

連れのOLの注文した煮魚定食をテーブルに置きながら、二三《ふみ》は声を弾ませた。ちょっとしたことでも、お客さんに気付いてもらえると嬉《うれ》しい。

「おばちゃんとこ、最近、キノコ料理がんばるよね。この前の揚《あ》げ浸《びた》しとか、なめたけ風のやつ、すごく美味《おい》しかった」

「ありがとう。嬉しいわ。秋と言えばキノコだから」

「いつか、松茸《まつたけ》出てくる？」

「おばちゃんが宝くじに当たったらね」

二三はカラリと笑って引き返した。カウンターの上には出来上がった日替わりの定食二人前が載せてある。慣れた仕草で両手に持って、次のテーブルに運んだ。

キノコの揚げ浸しは揚げ出し豆腐と同じく、衣を付けて揚げたキノコに出汁《だし》をかけた料理、なめたけ風というのはなめこを含む四種類のキノコを出汁醤油で煮た料理で、出来上がりは少しとろみがつく。それに大根おろしをかけて小鉢にした。

「せっかくの秋だから、キノコをふんだんに使おう！」

二三がそう宣言したのは十月の初めだった。行きつけの美容院でたまたま手に取った雑誌に、キノコ料理が沢山載っていた。そのとき急に「キノコだ！」と閃《ひらめ》いて、思い切って「この本、売ってくれない？」と頼んだら、「去年のだから、あげますよ」とただで提供してくれた。それから雑誌と首っ引きで、あれこれ作っては、ランチの小鉢や夜の居酒屋メニューに出している。

幸い、昼も夜もキノコ料理は好評だ。

新しく入ってきたお客さんが、席に着く前に声を上げる。

「日替わり！」

「はい。日替わりひとつ！」

二三も負けずに声を張って注文を通した。

本日のはじめ食堂のランチは、日替わり定食が超人気のカツカレー。いつもはもう一品定食を用意するのだが、カレーの日は一本勝負と決めている。そのくらい人気が高い。特にカツカレーは、男のお客さんの半分以上が注文する。

はじめ食堂ではカリッと揚がった衣の食感を楽しんでもらうため、カレーソースをかけたご飯の上に千切りキャベツをしき、その上に揚げたてのトンカツをトッピングしている。ご飯の白、カレーの黄色、キャベツの黄緑にカツのキツネ色と、重なった色味が「インスタ映えする」とお客さんに褒《ほ》められた。

焼き魚は文化鯖《さば》、煮魚はカラスガレイ。ワンコインは肉うどん。テイクアウトはおにぎり二個セット。小鉢はニラとしめじの炒め物とおから。おからはオーソドックスな、醬油と砂糖の甘辛味である。味噌汁《みそしる》は大根。漬物はカブの糠漬《ぬかづ》け。もちろん葉付きで、一子《いちこ》のお手製だ。

これにドレッシング三種類かけ放題のサラダが付き、ご飯と味噌汁はお代わり自由で、お値段は消費税込み七百円。料理はすべて手作りを心掛け、季節の食材を取り入れる努力も怠っていない。もっと安い店はあるだろうが、この内容でこれ以上安い店はあるまいと自負している。

「いやぁ～。予想はしてたけど、人気だよなカツカレー」

万里《ばんり》はカレーの寸胴鍋《ずんどうなべ》を覗《のぞ》き込んで半ば呆《あき》れ、半ば感心したような顔で言った。午後一時を過ぎた時点で、カレーはほんの二、三人分しか残っていない。

「男のお客さんはみんなカツカレーよねえ」

二三も流しで食器を洗いながら、カウンターの隅に腰を下ろした一子に言った。

「でもまあ、これだけ人気だと心強いわよ」

一子は二三と万里を等分に見て微笑《ほほえ》んだ。

カツカレーは見た目は豪華だが、意外と手間いらずの料理だ。トンカツが鎮座しているので、カレーの具材は玉ネギだけで充分だし、カツが通常より薄めでも食べ応《ごた》えがある。

それでお客さんに絶大な人気を誇るのだから、店としてもありがたいことこの上ない。

「こんにちは」

時刻は一時二十分間際、遅いランチのご常連の野田梓《のだあずさ》、続いて三原茂之《みはらしげゆき》が店に入ってきた。

三原が心なしか常より前のめりになっているのは、今日の日替わりがカツカレーだと昨日のうちに知ったからかも知れない。

「カツカレー！」

席に着くやいなや、弾んだ声で注文を告げた。

「あたしは……文化鯖ね」

少し迷って梓が言った。はじめ食堂に通い始めて三十数年経《た》つが、ランチはほとんど魚系を選んでいる。

二人ともメイン料理はもとより、小鉢から漬物まで、手作りの味を丁寧に味わって食べる。

定食の盆が目の前に運ばれると、三原は素早くスプーンを取り、カツを一切れ載せてカレーライスをすくった。食べる前から表情が緩んでいる。

「うん、美味《うま》い」

咀嚼《そしやく》しながら何度も頷《うなず》いた。

「これぞ青春の味だなあ。学生時代、バイトの給料が入ると学食でカツカレーを食べた、あの日の記憶が甦《よみがえ》る……」

「就職なさってからは、美味しいものを沢山召し上がったでしょう」

一子は三原の様子に、つい笑みを漏らした。帝都《ていと》ホテルの元社長、今も特別顧問だから、高級料理は食べ尽くしているだろうに、カツカレーで感動してくれるのは感激だ。

「それはそれ、これはこれですよ。生まれて初めてムッシュ涌井《わくい》の料理をいただいたときも感激だったけど、あれはレセプション用ディナーの試食でした。仕事がからむと、美味いだけではすまされないのでねえ」

ムッシュ涌井とは日本のフランス料理界のレジェンド、涌井直行《なおゆき》シェフのことだ。一子の亡夫孝蔵《こうぞう》の弟分で、親友でもあった。

「三原さんはお仕事柄、会食が多かったんですね」

「そうなんですよ。どんなすごいご馳走《ちそう》でも、接待の相手に気を遣いながら食べると、美味しさは半減です。だから夜遅く、家に帰って食べるお茶漬けがやけに美味かったり」

二三と梓は「分る、分る」と心で言って頷いた。

「ご飯って、何を食べるかも大事だけど、シチュエーションも大事よね。いつ、どこで、誰《だれ》と食べるかっていう」

「そうそう。特に食べる相手って大事よ。この年になると、イヤな奴《やつ》が目の前に居ると、料理まで不味《まず》くなっちゃう」

梓はしみじみと言って、文化鯖を口に運んだ。焼くと魚焼きグリルに盛大な炎が上がったほど脂が乗っていた。

「ふみちゃん、鯖や秋刀魚《さんま》ってどんなに脂が乗っていても、平気で食べられるよね」

「そうそう。肉の脂は途中で胃にもたれるのに、魚の脂は平気よね」

「不思議」

「そりゃやっぱ、DHAとEPAだからでしょ。血液サラサラ成分じゃない」

「さすが、万里君。賢い」

「へへへ。調理師試験に出てました」

万里は得意そうに胸を反らせてから、再び食器を洗い始めた。

梓はニラとしめじの炒め物を一口食べ、珍しそうに小鉢を見直した。

「ふみちゃん、この炒め物、美味いね」

「でしょ。この前の揚げ浸しとどっちが良い？」

「甲乙付けがたしね。そう言えば最近、キノコに力入れてるじゃない」

「うん。美容院で見た雑誌にレシピ載っててさ、美味しそうだからもらってきちゃった」

「お宅はいつも研究熱心ですねえ」

カツの一切れにスプーンでカレーソースをたっぷりかけながら、三原が言った。

「ご常連さんで保《も》ってるお店ですから、メニューも新陳代謝させないと、飽きられちゃうんで」

「そんなことないですよ。お宅はレパートリーが豊富で、毎日食べても全然飽きません」

十数年通い続けてくれる常連さんの言葉は、何よりのご褒美《ほうび》だ。

「ほら、テレビに出てくる食堂や居酒屋さんで、もの凄《すご》い数のメニュー貼《は》ってある店、あるじゃない。お宅もレパートリー全部貼り出したら、あんな感じよね」

梓はカブの漬物を口に入れ、パリッと嚙《か》んだ。

「そうねえ。考えてみれば、万里君が来てからうちのメニュー、飛躍的に増えたものねえ」

一子が感慨深げに呟いた。

「いやあ、きっと比べてみれば、おばちゃんたちが元からやってたメニューの方が多いと思うよ」

万里は素直な気持ちで答えた。

はじめ食堂は第一回目の東京オリンピックの翌年開業した。孝蔵が腕を振るった洋食屋時代を経て、一子が息子の高《たかし》と始めた食堂兼居酒屋の時代、そして高の急死後、一子と嫁の二三が二人三脚で続けてきた今のはじめ食堂。

万里が参加したのはたった六年前だ。

「たかが六年、されど六年。万里君もはじめ食堂の歴史に充分貢献してるわよ」

梓は「そうよね」と促すように二三を見た。もちろん、二三も大きく頷いた。

「その通り。今やうちは万里君で保ってるようなもんだわ」

「やだなあ、おばちゃん。持ち上げすぎ」

万里は冗談めかして答えたものの、明らかに照れていた。

……そうか、もう六年になるのか。私もお姑《かあ》さんも、ずっと万里君に頼ってきたんだな。

自分の言葉に触発され、二三の心に忸怩《じくじ》たる思いが湧《わ》き上がってきた。大学出のフリーターだった万里もすでに三十代。料理の腕も上がり、自分で店を持ってもやっていけるだろう。

一方のはじめ食堂は、後期高齢者の一子と、もうすぐ前期高齢者になる二三の二人が経営者だ。ハッキリ言って将来性はあまりない。厳しい見方をすれば「老い先短い」店になる。将来性豊かな万里をいつまでもはじめ食堂で従業員として働かせるのは、店は良くても本人にはマイナスなのではないか……。

カウンターの隅に座っている一子を見遣《みや》ると、同じことを思ったのか、考え深そうな目で小さく頷き返した。

最近は一子と二人になると、よく万里の将来が話題になる。本人から意思表示がないので、なし崩し的にこれまで通りの関係が続いているが、いつか終わるときが来ると、言葉にせずとも二人とも覚悟していた。

梓と三原がゆっくりと食事を終え、席を立とうとしたとき、入り口の戸が開いて、はしゃいだ声と共に三人のお客が入ってきた。

月曜ランチの常連となったメイ・モニカ・ジョリーンのニューハーフ三人組だ。

「こんにちは～」

「一週間の御無沙汰《ごぶさた》でした～」

「みなさん、お元気ですか～」

三人とも普段着で派手な扮装《ふんそう》はしていないが、それでも店の中はパッと光が灯《とも》ったように一気に華やぐ。

「お先に」

「ごゆっくり」

顔馴染《かおなじ》みになった梓と三原は、短い挨拶《あいさつ》を交して店を出た。

「万里君、今日はカツカレーよね？」

メイが期待に目を輝かせた。モニカもジョリーンも同じく目に星を浮かべている。みんなカツカレーに惹《ひ》かれるDNAを持っているらしい。

「そうなんだけどさ、残り一人前」

「え～⁉」

気の毒そうに言う万里の前で、三人は一斉にムンクの「叫び」のポーズを取った。

「大丈夫よ。これから海老《えび》フライ揚げるから」

「ええっ！　ほんとに！」

「一子さん、良いの？　海老フライは最高額メニューなんでしょ」

他の定食はトンカツ定食も含めすべて七百円だが、海老フライ定食だけは千円だ。

「今日は特別。みんなカツカレーを楽しみにしてたのに、ガッカリさせたらはじめ食堂の名折れだわ」

「おばちゃん、サンクス。俺《おれ》、海老フライカレーも食ってみたかったんだよね」

万里までウキウキしている。

ニューハーフ三人は万里を手伝い、テーブルを二つくっつけて席を作り、配膳《はいぜん》も手伝った。毎週の恒例行事なので、みんな手慣れたものだ。

一子はガス台の前に立ち、再び点火した。二三はすかさず冷蔵庫からバットを取り出し、一子の傍らに置いた。中には衣を付けた海老が並んでいる。

油の温度が上がる頃合《ころあ》いを見計らい、一子は衣を付けた豚肉を鍋の中へ滑らせた。油は静かにはぜて、遠慮がちな音を立てた。続いて海老を四本入れると、油の音はにぎやかになる。そして食欲をそそる匂《にお》いが立ち上ってきた。

「いただきま〜す！」

カツと海老フライが揚がり、料理の支度が調うと、一同は賄いランチに突入した。

「いつもそうだけど、今日は特にお得ね。カツカレーと海老フライだもん」

ジョリーンが嬉しそうにはじめ食堂自慢のタルタルソースをフライに付けた。

「いつもそうだけど、カラスガレイって地味に美味いわよね」

モニカは骨を抜いてカラスガレイを頬張《ほおば》った。いつも最後は煮汁をご飯にかけ平らげる。

「いつもそうだけど、おばちゃん、小鉢凝ってるわよね」

メイはニラとしめじの炒め物に舌鼓を打った。

「いつもそうだけど、皆さん褒め上手だから、食べさせ甲斐《がい》があるわ。ね、お姑さん」

「ええ。それに美女が三人揃《そろ》うと店までキレイに見えるから不思議ね」

「おばちゃん、さすがにそれは褒めすぎ」

「万里君、一子さんが正しい。あんたは女を見る目がない」

メイは万里に肘鉄《ひじてつ》を食らわす真似《まね》をした。

「ああ、美味しかった」

「ご馳走さま」

食事が終わると、メイたち三人は売れ残ったテイクアウトのおにぎりを持参の手提げ袋に詰め、代金を払った。バイキング形式の賄いランチに参加するお礼に、残り物を買って仲間に差し入れするのが、すっかりお約束になっていた。

メイたちが帰ると、三人は手早く洗い物を片付けて休憩に入る。

「はい、今日のお土産《みやげ》ね」

ランチの余り物は、万里が持ち帰って両親の夕食になる。万里の両親は教職に就いていて、忙しいのだ。今日は煮魚と焼き魚、そして小鉢二品。

「カツカレーを持たせてあげられなくて残念」

「なんの、なんの。うちの母親の料理よりはずっと上等だから」

万里は「じゃ」と片手を振って自宅に戻っていった。

日曜日の夜、錦糸町《きんしちょう》の海鮮居酒屋に集まったのは、地元の高校を卒業した元同級生の女性十五人。卒業後も年に一、二回は数人で集まって〝女子会〟を続けてきたが、還暦過ぎてみな身軽になったせいか、参加人数も増えてきた。

特に今回は長年アメリカで生活していた保谷《ほや》京子《きょうこ》の帰国祝いも兼ねていたので、これまで参加したことのないメンバーも顔を見せた。

「保谷さん、新居はクラの近所だって？」

ビールで乾杯すると、向かいに座った幹事の林田《はやしだ》〝リンダ〟朱美《あけみ》がグラス片手に身を乗り出した。クラとは旧姓「倉前《くらまえ》」だった二三の、高校時代の呼び名である。

「そうなのよ。偶然だけど、近くに貸家が見つかって」

「でもクラの家、佃《つくだ》でしょ。近くにタワマンが一杯あるんじゃない？」

リンダの隣に座ったもう一人の幹事役、伊吹《いぶき》〝イブ〟早苗《さなえ》が尋ねた。

「私も最初はそう思って、不動産屋さんに内覧させてもらったんだけど、やっぱりちょっと。なんて言うか、地上二十階とかって、宙に浮いてるみたいで、しっくりしないの」

「分るわあ。私も実家は木造二階建てだったから。うちはマンションだけど、かろうじて四階なの。これ以上高いと落ち着かないかも」

イブは二三のグラスにビールを注《つ》いでくれた。

「建築法だと、四階まではエレベーターを設置しなくても良いんだって。だから四階と五階が、足が地に着くかどうかの境目ね」

「そうなのよ！　昔住んでた公営住宅が四階建てでエレベーターなしだったから、もう引越し業者に悪くてさ。へそくりはたいてご祝儀弾んじゃった」

幹事二人はマンション談義で盛り上がった。

二三がふと左を見ると、京子の隣に見慣れない顔が居る。

「ええと、もしかして、サナちゃん？」

「お久しぶり。今は小津《おづ》だけど」

旧姓真田《さなだ》もと子は懐かしそうに微笑んだ。会うのは三十年ぶりだった。さすがに老けたが、わずかに面影は残っている。

「クラちゃん、大東《だいとう》デパート辞めて、食堂やってるんだってね」

「うん。お陰でみんなに〝おばちゃん〟って呼ばれてる。本当は〝おばあちゃん〟なんだけどね」

どれほど年配の女性であっても、花柳界では〝おねえさん〟、食堂では〝おばちゃん〟と呼ぶのが掟《おきて》だ。

「佃に来ることがあったら、寄ってね。気取らない店だから」

「すごく美味しいのよ。値段は居酒屋、お味は割烹《かっぽう》よ」

横から京子が口を添えた。

「私、日本に帰ってきてから、特に用事が無ければ、晩ご飯ははじめ食堂で食べてるの。

メニューが豊富で、毎日通っても全然飽きないのよ」

京子は予定を早めて十一月の初めに日本に帰ってきた。アメリカ人の夫も学者で、共にボストンの大学で教えていたのだが、昨年、夫が亡くなったのを機に、生活拠点を日本に移すことにした。来年の四月からは都内の大学で教鞭《きょうべん》を執ることが決まっている。

住まいは、はじめ食堂の常連客だった亡き後藤輝明《ごとうてるあき》の家を借りた。実家と同じ雰囲気が気に入ったという。

「サナちゃんはどうしてたの？　大学のときやった同窓会以来じゃない？」

「もう、教科書通りよ。結婚して子供が二人生まれて、やっと一人前になったと思ったら、今度は親がね……。主人も私も独りっ子だから、二人で四人を看《み》ないといけなくて」

二三も京子も思わず息を呑《の》んだ。

「それはまあ……」

「たいへんね」

同情を込めて言うと、もと子は小さく笑みを漏らした。

「今はずいぶん楽になったのよ。うちの父は五年前、主人の両親は三年前に二人とも亡くなって、母は今、施設に入ってるから」

そして、わざとのように明るい口調になった。

「それでやっと時間が出来たから、クラス会に顔も出せるわけ。保谷さんとは卒業以来だしね」

他のメンバーは呼び名やあだ名で呼ぶのだが、極めつきの秀才だった京子には畏《おそ》れ多くてあだ名も付けられず、今も昔も「保谷さん」と尊称で呼ばれている。

「サナちゃん、偉いわ。私は親のことは弟に任せっきりよ。施設の入居費用負担しただけで、介護は全然」

「保谷さんはずっとアメリカで暮らしてたんだから、仕方ないわよ」

二三はそう言って溜息《ためいき》を吐《つ》いた。

「私も、親のことは弟と妹に任せっぱなし。もう何年も会ってないわ。同じ都内に住んでるのにね」

「だって、クラちゃんはお姑《しゅうとめ》さんと本当の母子《おやこ》みたいに仲が良いじゃないの」

京子はもと子に「クラちゃんのお姑さん、すごい美人。佃島の岸惠子《きしけいこ》って言われてたんですって」と解説している。

二三が小学校六年生のとき、母は膵臓癌《すいぞうがん》で亡くなった。中学二年のとき、父は再婚し、間もなく弟と妹が生まれた。継母は良い人で、二三と実子を差別しないで育ててくれたし、大学にも行かせてくれた。それでも両親の愛情は新しく生まれた幼い兄妹《きょうだい》に集中し、二三は自分の居場所はもはやこの家にはないと自覚した。

大東デパートに就職してからは賃貸住まいをして、実家とは距離を置いた。その方が父父が亡くなってからは、年賀状と暑中見舞いの遣り取りしか付き合いがない。継母の老い先は異母弟妹に面倒を見てもらう他ないだろう。十五年前に結婚してからは更に疎遠になり、継母も異母弟妹も幸せなのが分っていた。

そして一子は……一子は自分が面倒を見る。訪問医の山下《やました》医師と知り合ったお陰で、介護サービスを利用すれば最期まで自宅で看取れると分った。お姑さんは住み慣れた佃の家で、私と要《かなめ》と親しい人たちに囲まれて、安らかに旅立ってくれるはずだ……。

不意に、もと子の声が耳に突き刺さってきた。

「でもね、徘徊《はいかい》が始まったらもう、個人では無理なのよ」

はいかい……⁉

「母とは仲が良かったし、結婚してからもあれこれサポートしてもらったから、何とか自分で介護しようと思ったんだけど……。寝たきりならまだ良かったのよね、自分で動けないから。でも、夜中に何度も目を覚まして家中歩き回ったり、鍵《かぎ》開けて外へ出て行ったりされて、こっちまでノイローゼになりそうで」

ああ、そうだ。私はお姑さんの体力が衰える心配はしたけど、認知症で思考力が衰える心配はしたことがなかった。確かにお姑さんは年よりずっと若々しくて、頭もハッキリしているけど、認知症になる可能性だってある。身体《からだ》が健康で、正常な思考能力を失ってしまったら、どうなるだろう？　サナちゃんの言うとおり、寝たきりより悪いに違いない。

二三が背筋が寒くなって思わず首をすくめたとき、個室の戸が開いてブランド物のスーツを着た女性が入ってきた。

「ごめんなさい、遅刻しちゃって」

「マッキー、久しぶり！」

「こっち、こっち」

リンダとイブが片手を上げて挨拶し、空いた席を指した。

「こんにちは。クラちゃん、御無沙汰。保谷さん、お帰りなさい」

マッキーこと旧姓松木理沙《まつきりさ》は、二三のはす向かいの席に腰を下ろした。結婚後の姓は柳《やな》井《い》という。

高校時代、理沙はある意味保谷京子と並ぶ有名人だった。美人でモテたのである。大学卒業後、某財閥系企業の創業者一族の息子と結婚し、生まれた息子は慶應《けいおう》の附属校から東大法学部に進んで財務省の高級官僚になった。文字通り玉の輿《こし》に乗り、出世街道を一直線に歩く人生だ。

「保谷さん、うちの息子、三年前財務省からハーバードに留学して、今、ボストンなの」

理沙はやや得意そうに言った。

「ああ、省の推薦を受けたのね。ドクターコース？」

「ええ。本人は張り切ってるけど、このご時世だから心配で……アジア人へイトがあるんでしょ?」

「ニューヨークはそうみたいね。でもボストンは大学町だから、あまり危険はないと思うわ」

二三が腑《ふ》に落ちない顔をしたのに気がついて、京子が説明してくれた。

「各省庁には行政官長期在外研究員制度っていうのがあってね、若くて将来性のある官僚を公費で海外留学させてくれるの。だからマッキーの息子さんは有望株なのね」

京子の言葉に、理沙は「あら、そんな」と言いながらも、得意さを隠しきれないような笑みを浮かべた。

この人、全然進歩しないなあ。

二三は心の中で呟いた。おそらく京子も内心は呆れているだろう。

理沙は高校生の頃から自分と他人を比べて優位に立ちたがる性格だった。クラス会や女子会にも必ず出席して、夫がどのくらいエリートか、息子がどんなに優秀か、吹聴して回った。だから理沙のことを快く思っていない同級生は少なくない。

もちろん、理沙だけでなく、過去には二三たちの同窓生の間にも、多少は張り合うような気持ちはあった。しかし子供が独立して親元を離れ、自分たちが親の介護の心配をするようになると、そんな気持ちはすっかりなくなってしまった。今、還暦を過ぎた女子会に集まる同窓生は、みんなとても優しい。介護問題という共通の悩みを経験しているからだろう。

　それだけに、三十年前から一向に変らない理沙を見ると、呆れるのを通り越して哀れさえ感じてしまう。

「このところ続けて女子会を欠席したのは、息子さんの留学で忙しかったからなのね」

「ええ。それに主人が系列会社の取締役に就任して、大阪に単身赴任することになったんで、もうその準備でてんてこ舞いで」

　理沙の夫は本社を定年退職したが、創業者一族の特権で、系列会社に天下りしたのだろう。

「皆さんに会うのも、かれこれ三年ぶりかしら」

　去年は流行病《はやりやまい》で女子会そのものを開けなかったが、考えてみればその前年も理沙は欠席していた。あの〝おひけらかしのマッキー〟がせっかくのチャンスを逃すとは珍しいと、二三はちょっといじわるく思ったものだが。

　あれ？

　改めて理沙の顔を見直して、二三は以前よりずっと老けていることに気がついた。目の下のたるみが大きくなり、法令線と口元の皺《しわ》が深くなっている。これは化粧ではごまかし切れない。

　そして、着ているスーツはそのブランドの三年前の秋冬物のコレクションだった。雑誌のグラビアで見た記憶がある。お洒落《しゃれ》で見栄《みえ》っ張《ぱ》りの理沙が、女子会に三年前の洋服で来るとは意外な気がした。

「ねえ、サナちゃん、今度一緒にクラちゃんの店に行きましょうよ」

京子は労《いたわ》るような口調でもと子に言った。

「そうね。保谷さんが絶賛するくらいだから、行ってみたいわ」

もと子は理沙にも声をかけた。

「マッキーも一緒に行こうよ。ご主人も息子さんも留守なら、時間あるでしょ」

「ええ、そうね。クラちゃんの店には一度も行ったことがなかったわ」

「そりゃそうよ。マッキーはミシュランの星の店が御用達《ごようたし》でしょ」

二三がわざと冗談めかして言うと、理沙は珍しく殊勝な顔で首を振った。

「もうずっと外食してないのよ。たまには外でご飯を食べたいわ」

そのとき二三はごく普通に、流行病で飲食店が自粛していたからだろうと思ったのだが、理沙の表情の暗さが胸に引っかかった。


「最近はキノコ祭りだなあ」

お勧めメニューを見た辰浪康平《たつなみこうへい》が、カウンター越しに万里に言った。

「秋と言えばキノコっしょ。康平さん、好きだよね?」

「好き好き。でも松茸メニューがないのは何故《なぜ》？」

「言わせる？」

「ま、聞くまでもないか」

隣の席で二人の遣り取りを聞いていた菊川瑠美《きくかわるみ》が、クスリと笑った。

「でも、松茸ってたまに食べるから美味しいのよ。毎日食べたら飽きると思うわ」

「そうだなあ。ありがたみ消えるもんな」

「取《と》り敢《あ》えず椎茸《しいたけ》のブルーチーズ焼きはオーダーしましょう。それと、このキノコサラダはどういうの？」

「キノコ三種類をバター醬油で炒めて、千切りキャベツに載っけたやつです」

「いただく！　絶対美味いわ」

「じゃ、取り敢えずその二品。それと、今日お宅に卸したあれ、瓶でもらう」

康平は辰浪酒店の若主人で、はじめ食堂のアルコール類はすべて卸しているから、勝手知ったる他人の店だ。一方の瑠美は人気の料理研究家で、目下二人は順調に親睦《しんぼく》を深めている。

「ええと……ビオだよね？」

康平は頷くと、瑠美の方を向いて説明を始めた。

「イタリアのスパークリングワインで、有機なんだ。チェーロ・エ・テッラ・ビオ・ビオ・バブルス・エクストラ・ドライ。辛口でどんな料理にも合う。青リンゴのような爽《さわ》やかさと白桃のような豊かな果実味がベストバランスって、説明書きに書いてあった。瑠美さん、絶対気に入ると思ってチョイスしたんだ」

瑠美が「まあ、嬉しい」と答える前に、万里がカウンターから首を伸ばした。

「下心で酒卸すの、反則」

「バ～カ。下心あれば水心よ」

「もう、意味分んないし」

万里は首を引っ込め、調理にかかった。

二三は良く冷やしたイタリア産のスパークリングワインの瓶と、グラス二つを二人の前に置いた。

「でも康平さん、有機ワインって、女性のお客さんは好みそう」

「俺もそう思う。女性は特に健康志向だからさ」

乾杯が終わると、康平と瑠美は額を寄せてメニューの検討に入った。

「ポテトのローズマリー焼きは外せないわね。それと太刀魚《たちうお》焼き。食べたいと思ってたとこなの」

「下仁田《しもにた》ネギの豚バラ巻も美味そうだな。それとカブラ蒸し」

「シメに野沢菜とジャコのチャーハンは？」

「う〜ん。マグロ茶漬けも心惹かれるなあ」

「あら、塩昆布の白出汁茶漬けですって。これ、サッパリしてて美味しそう」

「あ、のり茶漬けだって。これもシンプルで良いな」

「炭水化物はシメに限るわね。イタリアンに対する唯一の不満は、パスタの後でメインがでてくることよ」

「じゃあ、シメはあっさりお茶漬け頼んで、何かこってり系のメニュー追加しようか」

「そうね」

二人の会話が続く間に、万里はフライパンを振るってしめじ、舞茸《まいたけ》、エリンギをバターで炒めていた。仕上げに醤油で味を付けたら、黒胡椒《くろこしょう》を振り、器に盛った千切りキャベツの上にかける。キノコの熱でキャベツが少ししんなりして、とても食べやすい。

「千切りキャベツのキノコソースがけって感じかな」

「ワインが進むわ。バターと醤油って、黄金のコンビね」

椎茸のブルーチーズ焼きは、料理とも言えないほど簡単だが、食べると美味い。大ぶりの椎茸の軸をとり、傘の内側にブルーチーズを詰めてグリルで焼くだけだ。ブルーチーズに塩気があるので、他の調味料は必要ない。

「もっと高級にするには、フォアグラ詰めて焼いて、ブルーチーズを添えるんだって。冷凍のフォアグラ買おうかと思ったけど、まずはシンプルにやってみようと」

万里は椎茸を食べやすく半分に切って、皿に盛った。

康平と瑠美は一切れずつ箸《はし》でつまみ、慎重に口に入れた。熱々のブルーチーズは生とは違った風味がある。

「ブルーチーズは好き嫌いがあるから、ピザ用チーズと味噌のコンビとか、他のレシピも考えたんだけどね」

「でも、これはこれで良いわよ。個性がハッキリしてて」

ワイン好きは大抵ブルーチーズも好きだ。瑠美も大いに気に入ったらしい。

次々にお客さんが訪れて、七時過ぎに店は満席になった。

「おばちゃん、お勘定」

七時半を回ると、康平と瑠美は席を立った。多分、月虹《げっこう》で食後酒を楽しんでから別れるのだろう。

月虹は清澄《きよすみ》通りにあるカウンターバーで、マスターが一人で営む上品で落ち着いた店だ。二三と一子も月に一、二度訪れて命の洗濯をする。

「ありがとうございました」

空いた席を片付けていると、すぐに新しいお客さんが入ってきて席は埋まった。

二三は店の繁盛ぶりをつくづくありがたいと思った。忙しく身体を動かしていると、余計なことを考えずにすむ。

「こんばんは」

八時過ぎに来店したのは桃田《ももた》はなだった。

「よう、はな」

はなの後ろから訪問医の山下智《さとる》が入ってきた。

「いらっしゃいませ」

ちょうど今、二人掛けのテーブル席が空いたところだった。

「どうぞ、こちらに」

二三は手早く空の食器類を片付けながら、席を勧めた。

「先生、今夜はアルコールは大丈夫ですか？」

「はい、今日は何とか」

山下は訪問医療グループの代表で、かつては夜間の急患はすべて自分で往診していた。今は組織も大きくなって常勤の医師が増えたため、週三回は夜勤を任せられるようになり、その日はアルコールを飲めるのだった。

「お勧めのお酒があるんです。イタリアの有機のスパークリングワインで、辰浪酒店の一押しです」

「先生、それにしよう。康平さんの推薦なら絶対だよ」

「じゃ、瓶でいただきます」

山下ははなの祖母の訪問医をしていた。はなの誘いではじめ食堂を訪れるようになり、今では二三の娘・要が勤務する出版社の週刊誌『ウィークリー・アイズ』で医療コラムを連載している。

「万里、今日は何がお勧め？」

「まずはキノコだな。それから太刀魚。後はカブラ蒸し、蓮根《れんこん》の挟み揚げ、下仁田ネギの豚バラ巻……」

はなは期待を込めて山下を見た。

「先生、全部いっちゃおう」

山下はニコニコして頷いた。はなは山下に奢《おご》ってもらう立場だが、いつも注文を決めるのははなだった。

はなに言わせれば「先生、友達いないから、休みの日も一人で可哀想《かわいそう》なんだよね。だからご飯に誘ってあげてるの」だが。

二三はイタリアのビオスパークリングワインの瓶とグラスを二つ、テーブルに運んだ。山下が栓を抜き、はなとグラスを合せて乾杯した。

「あ～、生き返る。明日への活力が湧いてくるなあ」

山下は大きく息を吐き、続いてお通しに箸を伸ばした。今日のお通しは最近人気の昼間の小鉢、ニラとしめじの炒め物だ。

「夜も良いけど、ランチも美味しそうだね」

「うん。でも、昼はなかなか来られない。土曜はランチ休みだし」

「この近くに往診先があれば、昼ははじめ食堂で食べられるのに」

山下の診療所がカバーしているのは荒川区・台東区で、佃とは距離がある。

閉店時間の九時が近づくと、お客さんたちは次々に席を立ち始めた。山下は周囲を見てちょっと戸惑っている。

「先生、ごゆっくりなさって下さいね」

一子が山下に声をかけた。常連さんで保っている店だから、閉店時間が来たからといって、お客さんを急《せ》かすようなことはしない。

「すみません」

山下は恐縮して一礼したが、それでもシメに塩昆布の白出汁茶漬けを注文した。

「万里、私も先生と同じね」

ワインの瓶はとっくに空いて、今、二人は〆張鶴《しめはりつる》のグラスを傾けていた。淡麗辛口を代表する日本酒だ。

お茶漬けが出来上がる頃には、他のお客さんは店を出て行った。二三は山下とはなの前にお茶漬けの小丼《こどんぶり》を置くと、遠慮がちに切り出した。

「あのう、先生、一つお伺いしてよろしいでしょうか？」

「はい、どうぞ」

山下は小井を口元に持って行き、フウフウと息を吹きかけた。

「八十過ぎまで元気に過ごしてきたお年寄りが、突然認知症になってしまうことって、ありますか？」

「はあ、良くあります」

二三はいきなり頭を棍棒《こんぼう》で殴られたような気がして、よろけそうになった。山下が「そんなことありませんよ」と答えるのを期待していたのだ。

「人っていつも突然で、それが人生なんですかね。まあ、認知症の評価は難しくて、誰の視点かによりますが」

二三は今度は本当によろめいて、テーブルの端をつかんで身体を支えた。

山下とはなは異変に気付いて、心配そうに二三を見上げた。

「いったい、どうしたんですか、急に？」

「いえ、あの、同級生のお母さんが認知症になって施設に入ったそうなんです。彼女が言うには、徘徊が出たら家庭で介護するのは無理だからって……」

「おばちゃん、一子さんのこと心配してるの？」

はながすぐに察して小声で訊いた。二三は黙って頷いた。すると、事情を呑み込んだ山下が「なあんだ」という顔になった。

「認知症っていかにも突然発症するみたいに言われてますけど、僕の見てる範囲では、生活習慣の影響が大きいという気がします。日頃生き甲斐《いがい》を持って活動的に暮らしてるお年寄り……ぶっちゃけ現役で活躍してる人は、認知機能の低下は少ないです」

「あの、突然アルツハイマーとかは？」

「かなり少ないです。若年性は別として、発症する人は六十代くらいから徐々に症状が現われて、加齢によって重症化して行きます」

二三はやっと安心して溜息を漏らした。

「だからさ、転ばないように気をつけることだよ」

はなはお茶漬けの小丼をテーブルにおろした。

「良くあるでしょ。元気だったのに転んで骨折して入院したら、認知症が出て寝たきりになっちゃうって。うちのお祖母《ばあ》ちゃんも転んだのが原因で寝たきりになっちゃったし」

はなの祖母は一昨年の暮れに亡くなった。九十二歳の大往生だったという。

「不謹慎だけど、良いときに逝ってくれたと思う。去年の春から日本中大騒ぎになって、もしお祖母ちゃんが生きてたら、うちの家族は怖くて店も開けられなかったよ。感染させたら絶対に重症化するし、入院したら最後、面会も出来ない。遺骨になって帰ってくるのを待つだけだもん。病院大嫌いだったお祖母ちゃんを、家で看取ることが出来て、本人も家族も幸せだったよ」

珍しくしんみりした口調ではなはそう語った。あれからすでに二年近くが過ぎた……。

「ふみちゃん、あたしも大往生するから、大丈夫よ」

一子はカウンターの隅から微笑みかけた。

「それに、ふみちゃんは一人じゃない。要もいるし、万里君もいる。山下先生もはなちゃんも、康ちゃんも瑠美先生も。みんなの輪の中にいるんだから、いざとなったら頼れば良いのよ」

一子にそう言われた途端、最前まで重く垂れ込めていた不安の雲が、一気に晴れてしまった。

「そうよね。私もお姑さんは大往生すると思うわ」

「昼寝してる間に三途《さんず》の川を渡りたいねえ」

「私もそれが良いわ。丈夫で長生き突然死！」

「ピンピンコロリってやつね」

二人の会話に、万里は呆れて首を振った。

「女子会からこの方、わりと深刻な顔してたのに、これだもんな」

「引きずらないのがおばちゃんの良いとこだよ。ね、先生」

山下は二三と一子に微笑みかけた。

「必ずお力になりますから、何でも相談して下さい」

その夜、例によって九時過ぎに帰ってきた要は、常とは異なり、賄いの並んだテーブルを通り過ぎて二三の前に立った。

「夕飯食べてきたから、今日は要らない。で、これでお茶漬け作ってくれない？」

差し出したのは納豆のパックだった。

「何よ、納豆じゃない」

「うん。納豆茶漬け作って」

「急にどうしたのよ、そんな気色悪いもん」

「魯山人《ろさんじん》が好きだったんだって。食べとかないと、足利《あしかが》先生と話が合わなくなるから」

足利省吾《しょうご》は時代小説の人気作家で、要が編集を担当している。要の勤める西方《さいほう》出版のような弱小出版社にとっては、守り本尊のような存在だった。

「はい、これ。レシピ」

要は通勤用のショルダーバッグから紙を取りだして二三に渡した。

「何も納豆でお茶漬けしなくても良いと思うけどねえ」

二三はブツブツ言いながらも、足利省吾に義理立てして納豆を練り始めた。良く練ってから醬油を少しずつ加えて、最後に辛子を入れて攪拌《かくはん》する。

「え〜と、熱々のご飯に海苔《のり》を散らして納豆を載せ、熱い煎茶《せんちゃ》かほうじ茶を回し掛ける、一三は熱さにこだわってほうじ茶にした。煎茶はあまりに高温で淹れると渋みが出てしまう。

「イケる！」

納豆茶漬けをすすり込んだ要が、素《す》っ頓狂《とんきょう》な声を上げた。

「信じらんない！　美味しいよ、お母さん」

二三も一子も万里も、疑惑の眼差《まなざ》しで要を見返した。納豆をお茶漬けにする発想が三人ともない。

「ウソだと思ったらやってみなよ。あと二パック残ってるから」

三人は目と目を見交わした。どうする……と、無言で問答が始まり、すぐに答えは出た。

「やってみよう」

二三は二つのパックから納豆を器にあけ、しゃかりきに練り始めた。一子はポットのお湯を鍋に移し、ガスで更に加熱した。熱々のほうじ茶を淹れるのだ。

「……いただきます」

恐る恐る茶碗《ちゃわん》に口を付けた三人だったが、納豆を溶かした茶とご飯をすすり込むと、意外な味に目を丸くした。

「悪くない」

「ほうじ茶が香ばしくて、納豆の臭味《くさみ》が薄くなるね」

「つるっとしてて、食べやすいかも」

　要は得意そうに胸を反らした。

「やっぱ、人生はチャレンジよ。やってみなけりゃ分らない。魯山人には納豆雑炊《ぞうすい》もあるから、今度やってみてよ」

　二三はすぐに別のことを考えた。

「ね、これ、店で出してみる？」

「シメに良いかもね。一度食べてもらえば、偏見はなくなると思う」

「やってみようか。余ったって納豆だから、ランチの小鉢に使っても良いし」

　こうして、夜のお茶漬け談義はすんなりまとまったのだった。


「クラちゃん、少し早いけど、これからお店に行って良いかしら？　マッキーと一緒なの」

　保谷京子から電話があったのは、土曜日の五時頃だった。開店まで三十分ほどある。それを承知で京子が頼むのは、それなりの理由があるのだろう。

「どうぞ、どうぞ。仕込みが終わるまであんまりお構いできないけど、良いかしら？」

「もちろん、構わないわ。ありがとう、クラちゃん」

それから五分もしないうちに、京子は理沙を伴ってはじめ食堂にやって来た。

「いらっしゃい。どうぞ、お好きなお席に」

そう言って二三はハッと息を呑んだ。理沙は明らかに泣いたあとだった。目は赤く、周りの化粧がはげ落ちている。

「飲み物、何が良い？」

おしぼりとお通しをテーブルに運んで京子に尋ねた。今日のお通しはキノコの揚げ浸しだ。

「この前のビオのスパークリングワイン、美味しかったわ。ある？」

「はい。グラスにします？」

京子はチラリと理沙を見た。黙って俯《うつむ》いている。

「瓶にするわ。それとクラちゃん、いっしょに乾杯してもらえる？」

「ええ。ちょっと待ってね」

二三がカウンターに引き返すと、事情を察したように一子が黙って頷いた。

「じゃ、取り敢えず、乾杯」

グラスを合せると、理沙は水のように一気に飲み干した。

「大丈夫？　お水持ってこようか？」

「大丈夫よ」

理沙は顔色一つ変えなかった。飲み慣れているらしい。以前は酒はそれほど強くなかったはずだが……。

「今日、マッキーがうちを訪ねてきてね。色々相談されたの。でも、私にはどうして良いのか全然分らなくて……。クラちゃんなら良い知恵があるかも知れないと思って、連れてきたのよ」

京子はそう言いながら、カウンターの隅の一子と万里を見遣った。はじめ食堂に通ううちに、京子はこの三人が一つのチームであることを理解した。だから「三人寄れば文殊《もんじゅ》の知恵」と考えたのかも知れない。

理沙は自分のグラスに二杯目のワインを注いで一口呑んだ。それから意を決したように口を開いた。

「うちの息子、引き籠《こ》もって部屋から出てこないの」

二三は一瞬、理沙の言葉が理解出来なかった。理沙の息子は財務省に入省し、公費でハーバードに留学したのではなかったか？

「三年前、公費留学が決まってすぐ、部屋に閉じこもって出てこなくなったの」

驚いて京子を見ると、京子は同情を込めた顔で二三に頷いた。

「夜中に、誰もいないときを見計らってトイレに行ってるみたい。でも、誰とも顔を合せようともしないし、話もしないの。ひと言も」

理沙は一日二度、食事を作って息子の部屋の前に置いておく。そして、廊下に出された空の食器で、息子の生存を確認する日々だという。

「いったい……」

どうしてと言いそうになって、二三は言葉を呑み込んだ。それが分れば理沙だって三年間も手をこまねいていないだろう。

「何か、心当たりはない？　切っ掛けになった事件とか？」

理沙は大きく頭を振った。

「何が何だか分らない。どうしてこんなことになったのか……」

下瞼《したまぶた》に新たな涙が盛り上がった。理沙はあわててバッグからハンカチを取り出し、目頭を拭《ぬぐ》った。

「会話はほとんどなくなってたわ。でも、それは息子が大学生の頃からだから、特に気に留めていなかった。母親と話すより友達や同僚と話す方が楽しいに決まってるし」

理沙は言葉を切って洟《はな》を啜《すす》った。

「こんなとき、ご主人がそばにいたら良かったのにねえ」

二三は思わず呟いた。理沙の夫が大阪に単身赴任していると、女子会で聞いたからだ。

「あの人は、逃げたのよ。不甲斐ない息子の姿を目の当たりにするのがイヤになって」

理沙は吐き捨てるように言った。

「今は大阪で若い愛人と暮らしてるわ」

二三も京子も驚いて言葉を失った。しかし理沙は皮肉な笑みを浮かべた。

「あの人のことはどうでも良いのよ。浮気癖は別に今に始まったわけじゃないしね。悲しんだり嫉妬《しっと》したりする気持ちは、とっくの昔になくしたわ」

「マッキー……」

二三はかけるべき言葉を探したが、見つからなかった。高とは死別したが、夫婦仲は良かったので、冷え切った仮面夫婦の心情が想像できないのだ。

「私はただ、息子が、雅也《まさや》のことが心配なの。このままずっと引き籠もって社会復帰が出来ないかも知れないと思うと、心配で気が狂いそうなのよ。私が元気なうちは良いわ。でも、私が死んだり、認知症になったりして面倒を見てあげられなくなったら、あの子は一人でどうやって生きて行くのか……」

理沙は両手で顔を覆った。

二三はどうして良いか分らず、救いを求めるようにカウンターの一子を見た。

「奥さん」

一子は椅子《いす》から立ち上がり、三人のテーブルに歩み寄った。

「息子さんに、奥さんの気持ちを伝えてあげて下さい」

理沙は両手を離して顔を上げた。

「どんなひどい状態になっても、お母さんは息子さんが大切だって。そう思ってるってことを、伝えてあげて下さい」

理沙は抗議するように唇を開きかけたが、そのまま言葉を呑み込んだ。

「やり方は色々あると思うんですよ。お部屋の前にご飯を置くとき、ひと言手紙を添えて、埃《ほこり》が入らないように布巾《ふきん》を掛けておくとか、季節の花を一輪添えるとか、折紙で何か折って置いてみるとか」

一子は同情を込めて理沙を見下ろした。

「もちろん、奥さんの努力がブーメランのようにすぐに返ってくるとは思いません。でも、気持ちを伝え続けるうちに、少しずつ、息子さんに伝わって行くこともあると思うんですよ」

理沙は俯いたまま小さく頷いた。一子の気持ちも、少しは伝わったのだろうか。

「あのう、人って変ると思うんすよ」

一同が声の主に顔を向けた。万里がカウンターから出てきて立っていた。

「俺、大学卒業して就職した会社すぐ辞めて、それからフリーターやってました。いっつも三ヶ月と仕事続かなくて……そしたら、ある日突然はじめ食堂でバイトすることになって。それで、もう六年っす。この店が好きだし、仕事も楽しいっす。やり甲斐感じてます。この気持ち、六年前の俺には分らないっすよ」

二三はやっと、自分が言うべき言葉を思い出した。

「マッキー、一人で悩むのはやめよう。私も保谷さんも、多分女子会の仲間たちも、事情が分ればみんなマッキーの力になるわ。古いけど〝友達の輪〟よ。一人で悩むのと友達の輪の中で悩むのと、精神的には随分違うわよ。本音で話して愚痴言い合うだけだって、結構気分がスッキリするもんよ」

理沙は静かに頭を下げた。

「ありがとう。……今日、来て良かったわ」

そしてハンカチをバッグにしまった。

「そろそろ失礼するわ。帰って、ご飯の用意しないと」

咄嗟《とっさ》に二三は閃いた。

「ちょっと待って。お茶漬け食べていかない？」

すぐにカウンターを振り返った。

「万里君、納豆茶漬け二人分！」

「へい！」

万里は厨房にとって返した。

理沙と京子は狐《きつね》につままれたような顔をしている。

「まあ、欺《だま》されたと思って食べてみてよ、納豆茶漬け」

「お待ち！」

湯気の立つ熱々のお茶漬けがテーブルに運ばれてきた。

理沙も京子も恐る恐る口を付けたが、一口食べると大きく目を見張った。

「……美味しい！」

「食べたことない味だわ」

二三は満面に笑みを浮かべた。

「でしょ？ 納豆と熱々のご飯とほうじ茶で出来るのよ。簡単で美味しくてヘルシーで、夜食にもピッタリ」

丼をテーブルに置いた理沙は、初めて弱々しく微笑んだ。

「私、今日の夜、雅也にこれを作ってみるわ。ポットに熱いほうじ茶を入れて、作り方の手紙を添えて。……初めて食べる味だから、驚くかも知れない」

二三も京子も、万里も一子も、パッと顔を輝かせた。

「それ、良いかも！」

「息子さん、喜ぶと良いわね」

理沙は椅子から立ち上がり、深々と頭を下げた。

「本当に、ありがとうございました」

二三は理沙の手を取った。

「また来てね。うちはこういう気取らない店だから、普段着で大丈夫よ」

「うん」

理沙は店を出て、駅に向かって歩き始めた。

二三は大きく手を振って、その後ろ姿を見送った。これからも長く続くであろう闘いに赴く友人に、心の中でエールを送りながら。

# 第二話

# 師走の目玉焼き

十二月に入ると、はじめ食堂では「忘年会」に向けて相談が始まる。その年の最後の営業日に、お一人様三千円で参加していただく飲み放題・食べ放題の大宴会だ。

今年は二十八日の火曜日、仕事納めの日に開催することに決まった。

もし例の流行病《はやりやまい》で二年も苦労させられることがなかったら、最終土曜日の二十五日に開催して、その後は一月四日の仕事始めまで九連休に出来たのだが、今年はとても優雅に休んでいられない。

「稼ぎに追いつく貧乏なし！」

二三《ふみ》は威勢良く声を上げて決意表明した。一子《いちこ》も万里《ばんり》も気持ちは同じだった。

来年こそ、目減りした利益を取り返して、はじめ食堂の更なる発展につなげたい。

昼下がりのはじめ食堂では、賄いを囲んで二三、一子、万里の三人が作戦会議の真っ最中だ。

「今年のメイン、どうする？」

「まあ、ローストビーフは外せないわよね。みんな期待してるし」

万里は腕を組んでわずかに首を傾《かし》げた。

「魚料理がなあ。中華風姿蒸し、アクアパッツァと来て、次は塩がまとかパイ包み焼きかなあ」

塩がまとは卵白を混ぜた塩で下処理した魚や肉を包み、オーブンで焼き上げる料理だ。焼いた塩はコチコチに固まるので、木槌《きづち》で叩《たた》いて割ったりする。その演出も含めてパーティー料理に相応《ふさわ》しい。

「奉書焼き、なんて言うのもあるわねえ」

一子が記憶をたぐりながら口にした。

「確かスズキを紙に包んで蒸焼きにして、お殿様に献上したら大いに喜ばれて、藩のお留め料理になったんですって。松江《まつえ》藩だったかしら？　明治まで庶民は口に出来なかったそうよ」

「ええと、中華に酔っ払い鶏《どり》……じゃなくて、乞食《こじき》鶏だったかなあ、蓮《はす》の葉っぱでくるんでから泥で覆って焼く料理、あったわよね。子供の頃《ころ》『兼高《かねたか》かおる世界の旅』で見たわ」

二三も記憶を引っ張り出した。

「兼高かおるはステキだったたね。美人で魅力があって教養豊かで……何処《どこ》の国へ行っても本物のレディとして扱われてたものねえ」

すぐに一子が反応すると、二三も得たりと頷《うなず》いた。

「そうそう。だからその後色んな海外旅番組で、アホなリポーターが世界中でアホ丸出しにしてるのを見ると、情けなくて。半世紀以上前に兼高さんが高めてくれた日本女性のステータスが、ガタ落ち」

「ストップ！」

万里は機内放送に登場するCAよろしく、両手を前に突き出した。

「その話は後で二人でゆっくりやって。まずは忘年会のメニュー、ざっと決めとこう」

「これはこれは、大変失礼いたしました」

二三は気取ったポーズで会釈した。

「で、どうする？　塩がま、パイ包み焼き、奉書焼き……」

「デカいホイルで包むのもありかな。キノコや野菜と一緒に包んで焼けば、見た目も華やかだし」

「まあ、レパートリーはそんなとこね。去年がアクアパッツァだったから、ブイヤベースはやめといた方が良いかしら」

「山手《やまて》のおじさん、今年も魚寄付してくれるかな？」

「もちろん。『ケチったら俺《おれ》の男が廃《すた》るぜ』って言うわよ、きっと」

魚政《うおまさ》の大旦那《おおだんな》である山手政夫《まさお》は、忘年会には毎回刺身の盛り合わせと、尾頭付きの大魚を一尾寄付してくれる。だからはじめ食堂は山手から忘年会の費用はいただかない。

「クロスティーニは大好評だったから、今年も出しましょう」

「片手でつまんで食べられるって、立食には鉄板だよね」

「それにハニームーンのパンは美味《おい》しいし」

ハニームーンは月島《つきしま》にある姉弟《きょうだい》の営むパン屋で、扱う品は食パンとコッペパン、バゲット系のフランスパン三種のみだが、丁寧に作られたパンの評価は高く、地元住民に愛されている。

「卵料理も一品出したいわね」

「スパニッシュオムレツかキッシュは？　ホールで焼いて切り分けられるから、食べやすいと思うけど」

「おばちゃん、今年のフライは海老《えび》と何にする？」

「まあ、月並みだけど、ホタテか牡蠣《かき》かしらねえ……」

言いかけて一子はハタと膝《ひざ》を打った。

「そうそう、今年は串《くし》カツよね。豚と鶏とラム」

「結構出そろったじゃない。後はサラダとシメに何かあれば」

二三はメモ用紙に名前の挙がった料理を書きだした。

「サラダは要《かなめ》に作らせようぜ。カプレーゼともろきゅうくらい出来るだろ」

忘年会の時だけは、要も日頃の感謝を込めて手伝いをする。料理はからきしなので洗い物とお運びが主だが、火を使わないサラダは作れるようになった。

ふと壁の時計に目を遣《や》ると、二時半になろうとしていた。

「さて、片付けよう」

三人は一斉に椅子《いす》から立ち上がり、後片付けにかかった。

四時半からは夜営業の仕込みが始まる。それまで少しでも休憩して英気を養っておかなくてはならない。

万里は洗い物を始め、一子は食器を拭《ふ》いて片付け、二三は床を掃いてテーブルをアルコール消毒して回った。

四人でやってきたワカイのOLが、席に着くなり一斉に注文した。

「牡蠣フライ！」

心なしか声が弾んでいるのは、三月以来御無沙汰《ごぶさた》だった牡蠣フライが九ヶ月ぶりに再登場したからだろうか。

と、今年の夏から顔を見せるようになった若いサラリーマンが、遠慮がちに手を挙げた。

「おばちゃん、牡蠣フライ単品とキノコ蕎麦《そば》って出来る？」

キノコ蕎麦は本日のワンコインメニューだ。ワンコインに定食セットを付けると七百円になるので、二三は咄嗟《とっさ》に牡蠣フライ単品の値段をはじき出した。

「はい、出来ますよ。合計で千円になりますけど、よろしいですか？」

サラリーマンは嬉《うれ》しそうに頷いた。

「俺、蕎麦と牡蠣フライ、大好きなんだよね」

「牡蠣フライ単品一つ、ワンコイン一つ！」

カウンターを振り返って注文を通しながら「そうか。定食メニューの単品オーダーもありよね」と、頭の中で考えた。

今日のはじめ食堂の日替わり定食は牡蠣フライ、海老とブロッコリーの中華炒《いた》めの二品。焼き魚はアジの干物、煮魚は鯖《さば》の味噌煮《みそに》。ワンコインはキノコ蕎麦。小鉢はカボチャの煮物と茶碗蒸《ちゃわんむ》し。味噌汁は小松菜と油揚げ、漬物は大根と人参《にんじん》の糠漬《ぬかづ》け。これにドレッシング三種類かけ放題のサラダがつき、ご飯と味噌汁はお代わり自由で一人前七百円。

もっと安い定食や弁当を売る店はあるが、出来る限り既製品を使わずに手作りを心掛け、季節の食材を取り入れてこの値段で提供できるのは、家賃の要らない自宅兼店舗で、姑《しゅうとめ》と嫁の家族経営（万里は従業員だが家族同然）だからこそと思う。もし銀座に店を出していたら、七百円では採算が取れないだろう。

午後一時を過ぎると、お客さんの波は一気に引いていく。それから十五分もすると残っているのはほんの二、三人で、それもみな、あらかた食べ終えて帰り支度を始めている。

「こんにちは」

そこへ訪れるのが野田梓《のだあずさ》と三原茂之《みはらしげゆき》の常連さんたちだ。

「牡蠣フライお願いします」

「あたしも」

二人とも今日が牡蠣フライだと聞いて、昨日のうちから予約していた。

「日替わりに牡蠣フライと鰤《ぶり》大根が登場すると、いよいよ冬到来という感じがする」

「そしてあっという間にクリスマスで年越しだわ」

梓はおしぼりで手を拭きながら、しみじみと言った。

「もう最近は、瞬《まばた》きする間に一年が過ぎる感じよ。小学生の頃、夏休みが来るのがもの凄《すご》く遅かったのが、夢みたい」

「僕も同じだな。昔に比べればずっと暇になったのに、一年を振り返ると信じられないくらい短くて……」

一子はカウンターの隅から二人に微笑《ほほえ》みかけた。

「あっという間だから救われるような気がするんです。一年をその通りの長さで感じたら、くたびれて途中でへたばっちゃいますよ、きっと」

梓と三原はハッとしたように一子の方を見た。

「……なるほど」

「言われてみればそうかも知れません。年を取れば取るほど、想《おも》い出もかさばってくる……」

三原が感慨深げに溜息《ためいき》を漏らしたとき、二三が二人のテーブルに定食の盆を運んできた。

「お待ちどおさま」

湯気の立つ牡蠣フライを見た途端、梓も三原も先程までの感慨はどこへやら、急いで箸《はし》を手に取った。

「うん、これこれ」

三原は今度は感嘆の溜息を漏らす。

カラリと揚がった衣を囓《かじ》ると、ぷりっとした牡蠣の身から熱い汁があふれ出す。旨味《うまみ》をたっぷり含んだ牡蠣のジュースは、まさに海のミルクだ。

「このタルタルがまた、良いのよねえ」

梓は半分囓った牡蠣フライに、たっぷりとタルタルソースをまとわせる。

はじめ食堂のタルタルソースはもちろん自家製で、一子の亡夫・孝蔵《こうぞう》の直伝だ。茹《ゆ》で卵とタマネギ・パセリ・バジル・ピクルスのみじん切りを手作りマヨネーズで和《あ》えて、ほんの少し塩胡椒《こしょう》を加えて作る。ピクルスは控えめに。孝蔵が酸味が強くなりすぎるのを嫌ったためだ。

「でも、よくよく思い返せば、孝さんは酸《す》っぱいものが苦手だったみたい」

後になって一子はそう言って笑った。

「これ、こうするとまた美味しいのよね」

梓はご飯にタルタルソースを載せ、醤油《しょうゆ》を少し垂らして頬張《ほおば》った。

「タルタルソースもお代わり自由だから、どうぞご遠慮なく」

「お願い」

「あ、それじゃ僕も……」

三原も梓に続いて追加を頼んだ。普段は健康に気を遣って、サラダにもノンオイルドレッシングをかけるのだが、はじめ食堂のタルタルソースには目がない。

「今日、牡蠣フライ単品とワンコインのキノコ蕎麦を注文したお客さんがいたの。ハッとしたけど、メインの単品もありよね」

二三は梓と三原の前にタルタルソースの小皿を置いた。

「単品の値段、おいくら？」

「五百円にした。ワンコインに定食セット付けて七百円だから、その辺が妥当かなって」

万里がカウンターから顔を覗《のぞ》かせた。

「うちは昼は定食屋だからみんなセット頼むけど、中華屋さんなんかだと、昼間から餃子《ギョーザ》や焼売《シュウマイ》でビール呑《の》んだりするっすよね」

「そのお客さんも牡蠣フライでビール？」

「ううん。牡蠣フライとキノコ蕎麦と両方食べたかったんだって」

「ふうん。まあ、悪くないかもね。天ぷら蕎麦の親戚《しんせき》みたいなもんかしら」

三原は二三と梓の会話に記憶を刺激されたのか、懐かしそうに目を細めた。

「前に牡蠣蕎麦を食べたことがあります。ネギと牡蠣だけのシンプルな……美味《うま》かったなあ」

二三は牡蠣蕎麦を食べたことはなかったが、想像はついた。あっさりと出汁《だし》醤油で煮た牡蠣を載せた蕎麦だろう。青柳《あおやぎ》の貝柱（小柱）をトッピングしたあられ蕎麦が美味いのだから、牡蠣蕎麦も美味しいに違いない。

「牡蠣蕎麦か……。夜のシメにどう思う？」

二三は一子と万里の方を見た。

「これからどんどん寒くなるから、あったかいメニューは良いと思うわ」

一子は問いかけるように万里を見た。

「俺も、賛成。蕎麦ウィークとかどう？　牡蠣蕎麦、鴨南蛮《かもなんばん》、肉蕎麦、月見にキノコに山菜……蕎麦屋っぽくなりすぎか」

「師走《しわす》にやったら受けない？　ほら、年越し蕎麦の先取りで」

「それとさ、おばちゃん。ランチの単品って、お客さんにアピールできない？　ほら、一時過ぎに町中華で一杯やってるお客さんをうちへ呼び込むのに……」

「う〜ん。でも、単品とビールで長居されてもねえ」

「平気だよ。どうせ二時で閉店なんだし」

二三と一子と万里は額を寄せて、経営会議に入ってしまった。

梓と三原はそっと目を見交わし、微笑ましい気持ちでその様子を見守った。


「ねえ、おばちゃんとこ、不動産屋来なかった？」

カウンターに座って生ビールを注文するなり、康平《こうへい》が尋ねた。夜の部の店を開けたばかりで、他にお客は居ない。そして最近では珍しく、一人だった。

「不動産屋って？」

おしぼりとお通しの餡《あん》かけ豆腐をカウンターに置きながら、二三は訊きかえした。

「上屋敷《かみやしき》コーポレーションとか言ったっけ。名刺置いてった。俺は配達に出てて、お袋が会った。『ご挨拶《あいさつ》に来ました』程度のことしか言わなかったらしいけど」

「さあ。うちには来なかったわ」

二三はビールサーバーから生ビールをジョッキに注《つ》いだ。

「近くに新しくマンション建つから、工事中ご迷惑かけますとかって、あれじゃない？」

万里が言うと、二三は首を捻《ひね》った。

「そんならうちにも来ないと変よね。同じ通りに面してるわけだし」

「コンビニのフランチャイズの勧誘かしら？」

カウンターの隅に座った一子が言った。

日本に初めてコンビニエンスストアが誕生したのは一九七〇年代初頭で、その成功によっていくつもの企業が参入し、セブン‐イレブン、ファミリーマート、ローソンなどが大手として今に至っている。各社のフランチャイズ方式による店舗数拡大競争は、数年前まで熾烈《しれつ》を極めていた。

当初、最もフランチャイズの勧誘が多かったのが酒屋だった。店内に冷蔵庫と冷蔵ケースが備わっているので、業種転換が容易だったからである。佃大通《つくだ》りに店を構える辰浪《たつなみ》酒店も、熱心に転向を誘われたものだ。

「フランチャイズの話でうちに来たのは西友とダイエーとイトーヨーカドー。不動産屋は土俵《どひょう》が違うよ」

康平は美味そうに生ビールを四口ほど呑んで、大きく息を吐いた。

「それにさ、今時コンビニの勧誘はないだろ。店舗減らしてるくらいだし」

「従業員集まらないってイメージもついちゃったしね」

「お前も経験あるだろ？」

「うん。仕事一杯で頭パンパンだったよ。レジに袋詰めに品出し、それ以外にも宅配でしょ、公共料金の支払いにチケット予約……。年配の人は仕事覚え切れなくて辞めちゃったりしてさ。俺の頃はその割りに時給良くなかったし」

「だよなあ。夜中のコンビニ行くと、店員さんみんな外国人だもんな」

「それより、注文どうする？」

「ちょいまち。え〜と……」

康平はあわててメニューに目を落としたが、すぐに顔を上げた。

「俺が考えるよりお前に訊いた方が早いわ。今日のお勧めは？」

万里は冷やかすようにニヤリと笑った。

「先生が横にいないとメニュー選びもつまんないの？」

「何とでも言え」

万里は腰に両手を当て、一度天を仰いでから康平に向き直った。

「まずはさっぱりセリのお浸し。味付けは出汁醬油と鰹節《かつおぶし》だけ。爽《さわ》やかな香りとシャキシャキした歯応《はごた》え、ちょっとほろ苦い大人の味で、日本人に生まれて良かったと思うはず」

「よし、それくれ」

「次はホウレン草のサラダかな。生のホウレン草にカリカリに炒めたベーコンとチーズをかけるから、結構食べ応えがあるよ。それに、生ホウレン草は女子人気高いし」

「じゃ、それも」

「イイダコの煮物、いっとく？　これぞまさにお袋の味」

「うちのお袋はイイダコなんぞ煮たこたねえよ」

「良いじゃん。どうせ俺が作るんだから」

「そう言や、そうだな。くれ」

「メインに鱈《たら》のソテーなんか、どう？」

「ソテー？　鱈は和のイメージだけど」

「康平さん、鱈をバカにしちゃダメよ。サーモンステーキやシタビラメのムニエルに負けない美味しさだから」

二三が横から口を添えた。生鱈は魚政の主人山手政和《まさかず》が豊洲《とよす》で仕入れてきた品で、新鮮で身が締まっている。白身魚なのでバターとの相性も良い。

「私、高校受験に合格したとき、テルミナのレストランで鱈のソテーを食べさせてもらったの。あの美味しさは今でも忘れられないわ」

「何年前の話してんの？」

そろそろ半世紀近く前の話になる。二三は中学三年で、合格発表を見て大喜びした後、錦糸町《きんしちょう》駅の駅ビルで豪勢なランチを食べさせてもらったのだ。今でもあの味を思い出すのは、その時の記憶と結びついているからだろう。

「ま、郷に入っては郷、食堂に行ってはおばちゃんに従えってことで、万里、鱈のソテーな」

「へい、毎度」

康平はビールを三分の二ほど呑んでから、スマートフォンを取りだし、二三と万里に画面を向けた。

画面には目玉焼きの写真が表示されている。

「どしたの？」

「今朝、瑠美《るみ》さんが送ってくれた。昨日から講演で関西に行ってるんだ」

菊川《きくかわ》瑠美は人気の料理研究家なので、出版社の主催する地方の講演会や料理教室に講師として招かれることも多い。

「今朝の朝ご飯。卵はリクエストで色々選べるんで、目玉焼きにしたら、もの凄く美味しかったんだって。何でもシェフが横浜のホテルニューグランドで修業した人で、直伝なんだって。この目玉焼きは、なんと、あのマッカーサーが朝食に注文したんだと。それ聞いたら、俺、猛烈に目玉焼き食いたくなってきてさ。シメに目玉焼き、作ってくれよ」

そう言われて画面を見直すと、金と紺のラインに縁取られた皿の上の目玉焼きは、白身に焦げ目が一切なく、黄身の黄色とのコントラストが鮮やかで絵のように美しい。

「フライパンに卵を入れたらすぐにオーブンに入れて焼いて、それからガスの火でちょこっと炙《あぶ》って出来上がりだって。俺は良く分んないけど、万里なら出来るだろ？」

「努力します」

万里は真剣な表情になった。目玉焼きといえども初めての料理法に挑戦するのは緊張するのだろう。いや、目玉焼きだからこそ、失敗できない意地があるのだ。

康平は今日は生ビールのあと、すぐに日本酒を注文した。

「澤屋《さわや》まつもと、一合」

自分で卸した酒なので、メニューを見ずとも注文できる。

「京都の酒だからはんなり上品でさ。セリのお浸しやイイダコの煮物にピッタリだと思う。京のおばんざいとは相性抜群だよ」

そんな遣り取りをするうちに、店には次々とお客さんが訪れた。

鱈のソテーが出来上がる頃、店は満席となっていた。

「ホントに、美味そうだ」

康平は目を細めて鱈のソテーから立ち上る湯気の香りを吸い込んだ。付け合わせは万里が張り切って人参とブロッコリーのグラッセを添えた。鱈の白を人参のオレンジとブロッコリーの緑が彩り、見た目もゴージャスだ。

箸を入れると鱈の身ははらりと剝《は》がれる。身離れの良い魚なのだ。身はほどよく引き締まっているが、しっとりとして滑らかだった。芳醇《ほうじゅん》なバターの風味が、白身魚の上品な旨味を引き立て、鍋《なべ》や煮物とは違った濃厚な風味を感じさせる。塩胡椒だけの味付けが潔く利いていた。

康平はカウンターの中の万里に向かってニヤリと笑い、親指を立てて見せた。万里も嬉しそうに頷き返した。

「おばちゃん、而今《じこん》、一合！」

客席にビールを運んでいる二三に声を張った。希代の銘酒はクリームチーズや魚介のバター焼きと至極相性が良い。この料理には而今しかないと、康平は迷わず決断した。

「美味しいでしょ？」

而今のデカンタとグラスを出して、二三は得意そうに言った。

「うん。俺は鱒に土下座して謝りたい」

万里はいよいよ〝ホテルの目玉焼き〟に取りかかった。

ハンバーグはフライパンで焼き目を付けてからオーブンに入れて火を通すが、この目玉焼きは逆で、フライパンに卵を流し入れたら時間を置かずにオーブンで火を通し、仕上げにガスで炙ってフライパンにくっついている卵の底を剝がすのだという。

「一六〇度で四分加熱……」

万里は口の中で呟《つぶや》いた。温度と時間は康平が瑠美にメールして訊いてくれた。

しかし、レシピが分ったからと言って同じ料理が出来るとは限らない。最後は料理人の〝腕〟次第なのだ。

「へい、お待ち」

「おっ」

　出来上がった目玉焼きは、スマートフォンの画面のものとよく似ていた。真っ白で焦げ目のない白身と、鮮やかに黄色い黄身のコントラスト。

「すげえな、万里。写真とそっくりだ」

「へへへ」

　万里は得意そうに胸を反らしてから、康平にガラスの瓶を差し出した。

「これ、使ってみる？　おばちゃんが保谷《ほや》さんにもらったトリュフ塩」

「トリュフ味の塩か？」

「味は塩で、香りがトリュフ。卵料理に合うよ」

「それでは、使わせていただきます」

　康平は恭しく受け取ると、おっかなびっくりといった手つきでトリュフ塩を目玉焼きに振りかけた。

　黄身の中心を箸で割り、白身と共に口に運ぶ……。

「どう？」

「……美味い」

　康平は小さく頷いてから、「しかし」と続けた。

「正直言って良い？　俺、これ、飯に載っけて醤油かけて喰《く》いたい」

万里も二三も一子も破顔した。

「康ちゃん、ご飯よそおうか?」

一子が笑顔で尋ねたが、康平は残念そうに首を振り、胃のあたりをなでた。

「やめとく。結構腹一杯になった。今度また、頼むよ」


翌日の午後二時半少し前だった。店を閉めて賄いを食べ終え、万里が店を出るのと入れ替わりに、見知らぬ男性が二人、訪ねてきた。キチンとスーツを着て、襟には社員証らしき徽章《きしょう》が光っている。一人は四十くらい、もう一人は三十ちょっと前くらいで、アタッシェケースの他に洋菓子店の紙袋を提げていた。有名な老舗《しにせ》の高級店だ。

二人は二三と一子の前に進み出て、深々と頭を下げた。

「お忙しいところ、お邪魔してすみません。すぐに失礼致しますので、お許し下さい。わたくしは上屋敷コーポレーションの高原《たかはら》と申します」

年長の男はそう挨拶して名刺を差し出した。「上屋敷コーポレーション　マーケティング・マネージャー　高原克治《かつじ》」とある。

「彼は部下の門田《かどた》です」

高原が傍らの連れを振り返ると、男は一礼して名刺を差し出した。肩書きはサブ・マネージャーで、名前は門田幸宏《ゆきひろ》。

二三は名刺から目を上げて、高原の顔を見直した。

「あのう、それで、どういったご用件でしょう」

高原は一拍間を置いてから口を開いた。

「実は当社では、この地区の再開発を計画しております」

「再開発？」

「はい。大川端リバーシティ21の建設は、東京ウォーターフロント開発の先駆けでした。佃島一帯はリバーシティ21の誕生によってすっかり変りましたね。もちろん、あれは石川《いしかわ》島播磨《じまはりま》重工業東京工場の跡地払い下げという、国家プロジェクトの為《な》せる業です」

二三と一子はそっと目を見交わした。高原はこの前置きの次に何を言おうとしているのだろう。

「もちろん、わたくし共の会社だけではそこまで大掛かりな開発は出来ません。しかし、その小型版は十分可能です」

「あのう……この辺に新しく超高層マンションを建設なさる計画なんですか？」

高原はあっさり頷いた。

「佃の魅力は、リバーシティの超高層マンション群と、昔ながらの仕舞屋《しもたや》の対比です。裏通りには昭和レトロな住宅が沢山残っていますね。それはこれからも残したい名物です。しかし……」

高原は入り口の方を振り向いて、もう一度正面に向き直った。

「佃大通り周辺は、ハッキリ申し上げて中途半端です。新しくはないし、かといって郷愁を誘うほどの古さもない……。そこで我が社は、この一帯に最新の高層マンションを建設し、地域の活性化を図ろうと計画しております」

そこでニッコリ微笑んだが、目は笑っていなかった。

「一階は集客力のある店をテナントにして、買物や飲食のお客さんで賑《にぎ》わうショッピングモールにしたいと思っています。もちろん、現在店舗経営をなさっている皆さんには、優先的にテナントに入っていただくつもりですから、安心して下さい」

そこで一度言葉を切って、門田から紙袋を受け取った。

「本日はご挨拶にお伺いしました。再開発についての詳しいご説明は、まずはご近所の皆さん全部にご挨拶した上で、日を改めてさせていただきます。これはつまらないものですが、名刺代わりにお納め下さい」

高原は二三に紙袋を差し出した。

「御丁寧に、ありがとうございます」

二三は一子と共に頭を下げて、高級洋菓子を受け取った。

二人が出ていくと、二三と一子はどちらからともなく溜息を吐《つ》いた。

「今になって再開発なんて……」

「バブルはとっくに終わったのにねえ」

「この通りに超高層マンションが建つなんて、想像も出来ない」

二人は二階の茶の間に上がり、炬燵《こたつ》に足を突っ込んだ。二三は紙袋から菓子の箱を取りだして炬燵の上に置いた。

「お姑《かあ》さん、これ、超高級品だよ。デザートにいただこう」

「そうね」

大東《だいとう》デパートに勤務していた頃、取引先への手土産に購入したことはあるが、自分用に買ったことはない。二三は手早くマグカップにティーバッグを放《ほう》り込み、ポットの湯を注いだ。

「もし新しいマンションが建ったら、うちは住居とテナントと、両方入れてもらえるのかなあ？」

「どうなんだろうね。何しろこんなこと、初めてだし」

紅茶の葉が充分に開いた頃合いで、二人は焼き菓子に手を伸ばした。

「うま……」

さすがに高くて有名なだけあって、洋酒の香りとバターの風味が鼻に抜け、ほどよい甘さの生地が舌を包んで溶けていった。

甘くて美味しい洋菓子を食べている間、再開発の話は忘れられたが、食べ終わってごろりと横になると、またぞろ頭をもたげてきた。

やっぱりテナント料は取られるんだろうか？　そりゃ、この古くて汚い店と新築マンションの一階の店と、同じ値段じゃ大家さんもやりきれないわよね。でも、高いテナント料払ったら、とても店はやっていけない。それに、万里君だって独立するかも知れないし……。そしたら、私とお姑さん二人じゃ、新規開店なんて、絶対無理。どうしよう？

そんなことを考えているうちに、いつの間にか眠ってしまった。

「ふみちゃん、四時」

一子の声であわてて飛び起きた。

「ごめん、寝坊！」

「あわてなくて良いわよ。開店まで時間あるんだから」

一子は先に階段を降りていった。

一階のガラス戸が開く音に続いて、「チ～ス！」と挨拶する万里の声が聞こえた。

その日の午後営業の一番乗りは康平と山手政夫だった。

「そこで遇《あ》っちまってさ」

山手は親指で背後を指した。今日も日《ひ》の出《で》湯の帰りらしく、テカテカした顔をしている。

「したが康平、今日は一人か？」

「うん。瑠美さん、明日まで関西」

二人は並んでカウンターに腰を下ろした。飲み物は揃《そろ》って生ビールの小ジョッキ。

「万里、今日のお勧めは？」

お通しのカボチャの煮物を箸でつまんで康平が訊いた。

「まずは山かけ。マグロは魚政の仕入れだよ」

「喰わなきゃ、魚政の名が廃るぜ」

山手が鷹揚《おうよう》に頷いた。

「後はカリフラワーのガーリック焼き、じゃが芋とエリンギのオイマヨ炒め、牡蠣はフライでもバター醤油焼きでもOK。それと、地味だけど新海苔《しんのり》。おばちゃんが煮てくれたから、美味いよ。お酒のあてか、ご飯のおかずかはお客さん次第」

生海苔を良く洗って酒と醤油で薄めに煮ると、滋味豊かだがあっさりとした味わいで、佃煮とは似て非なる品となる。

「そうさなあ……。まず酒で味見して、シメにご飯でもらおうか」

「俺は山かけ、オイマヨ炒め、牡蠣フライね。海苔はメシでシメにする……」

「康平さん、今の、狙《ねら》ってた？」

「刑事さん、勘弁して下さい。出来心なんです」

山手は二人のベタな漫才を見て、顔をほころばせた。

「そうだ、おじさん、卵料理、どうする？」

山手は思案するように腕を組んだ。

「ねえ、欺《だま》されたと思って目玉焼き頼んでみなよ。ホテルニューグランド直伝、マッカーサーの喰った目玉焼きだよ。万里がそっくり再現したんだ」

「マッカーサーだと？」

山手が興味津々で身を乗り出した。

「万里、それくれ。生きてるうちにマッカーサーと同じものを喰えるとは思わなかったぜ」

二三は「康平さんもいい加減ねえ」と思いながら、つい顔をほころばせた。万里の腕を信じてくれるのが嬉しい。

「おじさん、山かけに合わせて〝国士無双《こくしむそう》あさひかわ〟呑まない？　北海道の酒で、味も香りも洗練されてる。呑み口がすっきりしてるから、マグロ料理は何でも合うと思うよ」

「酒の目利きはお前に任せる」

「おばちゃん、国士無双あさひかわ、二合。グラス二つね」

二三はカウンターに酒のデカンタとグラスを運ぶと、康平に言った。

「康平さん、今日、うちにも不動産屋が来たわよ」

「再開発とやらかい？」

山手が横から口を挟んだ。

「おじさんとこにも行ったの?」

「この通り一帯は全部回ったみたいだな。俺は昼間、ダンスに行ってたから直接会っちゃいないが、倅《せがれ》から話は聞いた」

「俺の店は今日も、会社の人間が二人、挨拶に来たよ。昨日はお袋一人で店番してたんで、話が通じるか心許《こころもと》なかったんだろうな」

「新川《しんかわ》に超高層ビルが建って、もうこの辺の開発は終わったと思ってたんだけど」

二三が言うのは、佃と東京駅を結ぶ中央大橋を渡った対岸に聳《そび》えるリバーシティ21新川のことだ。都市基盤整備公団が一九九五年に竣工《しゅんこう》した地上三五階、総戸数五〇五戸の超高層住宅ビルである。

「でもさ、リバーシティは国から土地の払い下げがあったから出来たんでしょ。今ある家の住人と交渉して土地買い取ってたら、採算取れるのかな?」

万里がカリフラワーに塩胡椒しながら首を傾げた。

「まあ、考えようだな。この辺一帯は戸建てがほとんどで、マンションないだろ? 一画全部買い上げて、そこに五〇階くらいの高層マンション建てれば、充分儲《もう》かるよ。ざっと計算しても一軒分の土地が五十倍になるわけだし、新築マンションなら価格も今よりかなり上がる」

康平が分り易《やす》く説明した。

それを聞くと、二三にも再開発のイメージが具体的に見えてきた。中途半端な商業地と住宅地をまとめて取っ払って、近代的な高層建築が出現する。一階には新しいお洒落《しゃれ》な店舗が店を構えて……。

「うち、どうなるのかしら？」

二三は康平と山手の顔を見比べた。

「康平さんは働き盛りだし、おじさんとこも跡継ぎがいるから、新しいテナントに入ると思うけど」

山手の息子の政和には一男一女がいる。二人ともまだ高校生だが、男の子は店を継ぐと聞いている。

「普通に考えりゃ、悪い話じゃねえよな。店の上の階に新しい客が何百人も住み着くわけだから」

山手はグラスを傾けて、自分に言い聞かせるように言った。

康平は黙って二三を見遣り、一子に視線を移した。六十代前半の二三と八十代後半の一子が、新店舗を構えて維持できるかどうか危惧《きぐ》しているのを察したのだろう。

「そう言えば、鳥千《とりせん》さんはどうするのかな？」

鳥千ははじめ食堂の並びにある焼き鳥屋で、主人の串田《くしだ》保《たもつ》と奥さんのひな子の二人で営んでいる。二人ともすでに七十代の半ばだった。

「あそこは息子さんが店を継ぐんでしょ？」

息子の進一《しんいち》はイタリアンのシェフで、かつて親の店を改装して独立したいと言い出して一騒動あった。その後、有名なレストランのシェフにスカウトされたと聞いたのだが。

「いや、進一はもうそんな気はないよ。西麻布《にしあざぶ》に新しい店を出して、三年連続ミシュランで一つ星取ってるからね。佃に戻ったら〝都落ち〟でしょ」

「あら、そうだったの」

かつて進一は「洋食屋だった頃のはじめ食堂のように、料理の力で一流のお客さんを佃に呼び寄せたい」と言ったものだが。

「奥さんがソムリエの資格取って店に出てるんだけど、それも評判でさ。あの奥さん、美人で英語もフランス語もペラペラだから、外国人のお客さんも多くて、今や予約の取りにくい店ベストテンに入ってるくらい」

進一の妻の弥生《やよい》は慶應《けいおう》義塾大学を出て三峯《みつみね》物産の社長秘書をしていたという、才色兼備を絵に描《か》いたような女性で、菊川瑠美の料理教室に通っていたこともある。

「康平さん、その店行ったことあるの？」

万里がカウンターから首を伸ばして訊いた。

「一度、瑠美さんに連れてってもらった。さすがミシュランで、美味かったよ」

康平はまるで衒《てら》いのない口調で答えた。瑠美が売れっ子の料理研究家で、自分より収入も社会的地位も高いことを、まったく引け目に感じていない。肩肘《かたひじ》張らないそのこだわりのなさに、瑠美は惹《ひ》かれているのだ。

「目玉焼き、行きま〜す」

山手の前に、真っ白い白身の美しい目玉焼きの皿が置かれた。

「ふうん。きれいなもんだな」

「醤油でもソースでも良いけど、トリュフ塩も乙だよ」

万里がトリュフ塩の瓶を差し出した。

山手は白身の片隅に塩を振り、黄身を割った。溢《あふ》れだす黄色いソースをたっぷり白身にまとわせてから、ゆっくりと口に運んだ。

「……上品だな。山の手の目玉焼きだ」

「ご飯に載っけて醤油かけても美味しいよ」

「……いっちゃん、ご飯、半分」

山手は片手を上げて合図した。

「新海苔も一緒にどうぞ」

一子は茶碗《ちゃわん》に半分よそったご飯と、新海苔の煮物を入れた器を運んできた。

山手はご飯に目玉焼きを載せ、その上に海苔の煮物をトッピングしてかき込んだ。

「こいつは贅沢《ぜいたく》だ」

康平がゴクンと喉《のど》を鳴らした。

「万里、シメに目玉焼きな。俺も海苔をトッピングしてめし食いたい」

その夜、例によって要は九時過ぎに帰ってきた。

「ただいまあ。万里、今日のメイン何?」

「山かけと牡蠣のバター醤油焼きとカリフラワーのガーリック焼き。新海苔の煮物もある」

「おいしそ～!」

要はショルダーバッグを空いた椅子に放り出し、冷蔵庫から缶ビールを二つ取ってきた。一本は万里に手渡す。

「乾杯!」

要が缶ビールを一缶空にしてから、二三は訊いてみた。

「ねえ、上屋敷コーポレーションって会社、知ってる?」

「上屋敷?」

要は額に人差し指を当てて五秒ほど考えていたが、思い出したらしくパチンと指を弾《はじ》いた。

「不動産デベロッパーでしょ。関西が基盤じゃなかったかな。確か二、三年前、『ウィークリー・アイズ』に社長のインタビューが載ったことがある」

「どんな会社？」

「普通でしょ。どこの会社も内容はだいたい同じだよ。土地買収してマンション建設して分譲して売る。上屋敷の扱う物件は、高級だけど億ションまでは行かなかったはず……」

一応実績のある会社らしい。二三はそっと一子を見た。一子は黙って頷いて、暗黙の了解を示した。

要はやっと妙な空気に気がついて、箸を置いた。

「お母さん、急にどうしたの？　上屋敷がどうかした？」

「実はね、今日、その会社の人がうちに来たの。この辺に再開発の計画があって、高層マンションを建てるらしいわ。その建設用地の中に、うちも入ってるみたい」

「うそ！」

要は大きく目を見開いた。

「信じらんない！　バブルは終わったはずなのに」

「康平さんに言わせると、この辺はまだ再開発の余地があるんだって。戸建てが多いから、全部買い取って五〇階建ての高層マンション建てれば、一軒の値段が五十倍になるって」

「そ、そうなの？」

興奮のあまり声が裏返っている。

「で、どうだって？　いくらで買い取るって？　マンション建ったら、うちは優先的に入居できるの？　それで、店はどうなるの？　テナントに入れてもらえるとか？」

「まだ何も決まってないのよ。ねえ？」

一子は穏やかに言って、二三を見た。

「そう。今日はほとんど挨拶だけ。あ、高いお菓子お土産にもらったから、デザートに食べなさい」

「なんか、すごい良い話じゃない。ひょっとして、一銭も出さずに高級マンションに住めるかも……」

要は空っぽの缶ビールを胸に抱いて、歌うように肩を揺らした。

「先走んなよ。あくまでまだ計画なんだからさ」

「だって万里、こんなおいしい話、絶対無いよ。うちなんてハッキリ言って耐用年数超えてんだからさ」

要の言葉に、二三の胸は鈍い痛みを感じた。それはまるではじめ食堂の未来を暗示しているようだ。耐用年数を超えているのは建物だけではない。一子も、そして二三も……。

「ふみちゃん、海苔の煮物でお茶漬け食べようか？」

一子の声が、じんわりと胸を温かくした。

「うん、そうだね」

翌日、昼営業を終えて休憩に入ってから、二三は鳥千を訪ねた。鳥千は今はランチ営業をしていないので、三時過ぎから仕込みに入って五時半に店を開ける。だから今の時間帯は忙しくないはずだった。

「突然伺って、すみません」

店の奥から主人の串田が現われた。

「ああ、タカちゃんの奥さん」

串田は一子のことは奥さん、二三のことはタカちゃんの奥さんと呼ぶ。

「これ、義母《はは》が煮た新海苔です」

「気を遣わないでよ。悪いねえ」

串田は片手拝みをしてからタッパーを受け取った。

「いきなりで申し訳ないんですけど、再開発の話、お宅にも来てます？」

「一昨日《おととい》、不動産屋の人が来ましたよ。二人組で」

それなら話が早い。

「それで、お宅はどうなさいます？」

「うちはねえ……」

顔にも声にも迷いが表れていた。

「倅が帰ってきて店をやるなら、テナントを申し込もうと思うんだけど、倅にその気がないなら、商売はもう……。女房とも話し合ったんですけどね」

串田は何かを追うように、右から左に目を動かした。

「この通りだって、昔はもっと活気があった。色んな店が軒を連ねててね。再開発で新しい店が増えて、昔の活気を取り戻してくれたら、町としても嬉しいことだと思うけどね……」

小さく溜息が漏れた。

「ただ、うちはもう、その仲間に入る元気はなくて。私も女房も来年は七十五だから」

「……そうですか」

「お宅は？」

「うちも似たようなものです。私は還暦過ぎで、義母は米寿ですから」

「あの若い人は？」

「それも考えてるんですよ。もう六年も働いてもらってるんで、そろそろ独立しても良い頃かもしれない。そんなら、万里君が新しい店のオーナーになって、私と義母が従業員になるのか、それとも完全に独立してよそに店を構えるのか……。本当は、こういうこと、もっと前に話し合っておかなくちゃいけなかったんですけどね」

二三は串田に再度問いかけた。

「息子さん、こちらに戻ってお店をオープンするお気持ちはないんですか？」

「実は、まだ話してないんですよ」

串田は面目《めんぼく》なさそうに頭をかいた。

「何しろまだ具体的な話が全然ないもんだから。もう少し大まかにでも決まったら、話してみようと思ってるんだけど」

何処も同じだと二三は思った。厄介な決断はなるべく先に延ばしたいのだ。先に延ばしている間に、決断を迫る案件が消えていることを期待して……。


「こんばんは！」

十二月二十八日の夜、はじめ食堂の忘年会に一番乗りで現われたのは、桃田《ももた》はなだった。その後ろには山手政夫と山下智《やましたさとる》が続いている。

「よう、はな。先生と待ち合わせか？」

「うん。おじさんとはそこでバッタリ」

はなは山手の腕に両手をからませた。

「これ、寄付です。頂き物なんですが、僕一人じゃ呑めないので」

山下が紙袋を差し出した。中には赤ワインが二本入っていた。ラベルをみた要が裏返った声で叫んだ。

「エルミタージュ・ル・パヴィヨン２００３！」

はなが不思議そうに尋ねた。

「それ、高いの？」

「高い、高い！　一本六万くらいする。しかもミディアムボディで呑みやすいのよ。先生、ありがとう！」

二三と一子はすっかり畏《おそ》れ入ってしまった。

「先生、こんなお高いものを……」

「今日、会費は結構ですから」

山下はあわてて手を振った。

「とんでもない。どうせもらい物だし、僕一人じゃ呑めないんで」

「おばちゃん、もらっときなよ。先生、酒呑む暇もないから、置いといたら腐っちゃうよ」

「はなちゃんの言うとおりです」

山下はニコニコしている。はなに突っ込まれるのが楽しくて仕方ないらしい。

「ありがたく頂戴《ちょうだい》いたします。どうぞ、沢山召し上がっていって下さいね」

カウンターにはクロスティーニ各種とサラダ、串カツ、スパニッシュオムレツの皿が並んでいる。

サラダはカプレーゼとバーニャカウダで、要が作った。とは言ってもカプレーゼはトマトとモッツァレラチーズを切って交互に並べてバジルの葉を飾り、ドレッシングをかけただけ。バーニャカウダは生野菜（キュウリ・セロリ・人参・パプリカ、チコリ）を切ってソースを添えただけ。ソースを作ったのは万里だ。

要は高級赤ワインの栓を抜き、一同のグラスに注いで回った。

「乾杯！」

みんなでグラスを合せると、要は一口呑んでホッと溜息を吐いた。

「く〜、しあわせ」

高級ワインだが、微《かす》かな甘味があって呑みやすい。要はそのままレバーペーストのクロスティーニをつまんで口に放り込んだ。

「赤にはやっぱり肉よねえ」

「お前、今日は客じゃないからな。働けよ」

万里が肘で突っつくと、要は悠然と頷いた。

「任せてよ。私だってもう何回も手伝ってるんだから」

二三は山手のグラスにワインを注ぎ足した。

「おじさん、もう少しお客さんが見えたら、刺し盛りと鯛《たい》、出しますからね」

「ああ。今年の鯛はどんな料理になった？」

「それは見てのお楽しみ」

やがて、次々とお客さんが入ってきた。康平と瑠美のカップルに、野田梓と三原茂之、保谷京子《きょうこ》、ハニームーンの宇佐美萌香《うさみもか》・大河《たいが》姉弟、その他夜の常連さん達。

大河は早速ハニームーンのバゲットを使ったクロスティーニに手を伸ばした。

「これ、すげえ美味い。去年も感動した」

「私も。魚のタルタルがこんなにパンに合うなんて知らなかった」

萌香もサーモンのタルタルを載せたクロスティーニを頬張った。

「おばちゃん、これ、寄付」

康平はモエ・エ・シャンドンと銘酒緑川《みどりかわ》の一升瓶を持ってきてくれた。

「これも、出して下さい」

三原はヴーヴ・クリコを二本寄付してくれた。

「手ぶらでごめん」

「やめてよ、野田ちゃん。三十年以上ご贔屓《ひいき》にしてもらってるんだから」

前菜として出した料理があらかたお客さんの胃袋に収まると、いよいよメインの登場となる。

「まずは刺し盛りで～す！」

大皿には鯛、平目、赤貝、たこ、ヤリイカ、マグロの赤身と中トロ、そして寒鰤が盛り付けられている。

この見事な光景を見て興奮しない日本人はいないだろう。はなも山下も、取り皿を手に刺身の盛り合わせに突進した。

「ああ、日本は美味いもんの宝庫だ」

「先生、涙目になってるよ」

「はなちゃんは知らないだろうけど、生の魚が食べられる国なんて珍しいんだよ」

NGOの活動でアフリカの奥地で暮らした経験のある山下は、日本の豊かな食材に感謝と感動を捧《ささ》げていた。

「ローストビーフ、出来ましたよ～」

要がカウンターから叫んだ。大まな板の上にデンと置かれた牛ロース肉は、良い案配に火が通っている。

万里が包丁を手に、お客さん一人ずつに切り分ける。表面はうっすら茶色味を帯び、中はほんのりピンク色だ。忘年会用に何度も焼いたので、焼き加減も万全だ。

傍らに立った要がマッシュポテトとグレービーソースを添える。形式だけはホテルの立食パーティーのようだった。

「美味しい！」

一口食べた京子が目を丸くした。

「私、アメリカでローストビーフは何度もいただいたけど、一流ホテルにも引けを取らない味よ。それに、このマッシュポテトの肌理《きめ》細やかでクリーミーなこと！」

裕福なアメリカ人と結婚して、上等なローストビーフを食べ慣れているであろう京子に最大限に賞賛されて、さすがに万里は照れくさそうだったが、ニッコリ笑って一礼した。

「ありがとうございます、保谷さん。これからも精進するっす」

「頑張ってね。楽しみにしてますよ」

お客さんに一通りローストビーフが行き渡ると、今度は二三が声をかけた。

「皆さん、本日のメイン、鯛のブイヤベースです！」

万里と二人で大鍋をカウンターに載せた。鯛の周りを海老、イイダコ、ヤリイカ、ムール貝、牡蠣が彩っている。

「この香り、何とも言えない」

三原が鍋から漂ってくる匂《にお》いを、目を細めて吸い込んだ。

「ブイヤベースは、帝都《ていと》ホテルの名物でしたよね」

梓が訊くと、三原は懐かしそうな顔で頷いた。

「そうです。しかし、現役の頃は食べる機会がほとんどなくてね。はじめ食堂で再会できるとは、感激だな」

二三は鍋の隣にパンを載せた皿を並べた。

「ガーリックトーストもありますから、よろしかったらご一緒に召し上がって下さい」

ブイヤベースに添える卵黄、唐辛子、ニンニクとオリーブオイルで作るルイユというソースも作った。ニンニクの利いた辛味のあるマヨネーズのような味だ。

「おばちゃん、確か塩がまとかパイ包み焼きとか言わなかった？」

康平が訊くと、横から瑠美が言った。

「それは無理よ。だってオーブンはローストビーフが占領してるもの。ねえ、二三さん」

「さすが、先生！　分ってらっしゃる」

二三はポンと手を叩いたが、残念そうに付け加えた。

「でも、今年は目先を変えようって盛り上がってたから、ちょっぴりガッカリでした。去年もアクアパッツァだったし」

「そんなことないわよ。このブイヤベース、アクアパッツァとは全然違う味だもの。それに、ルイユも嬉しいわ。昔マルセイユで食べた味を思い出すわあ」

瑠美はルイユをスプーンですくうと、自分と康平の器に落とした。

「味が変って面白いわよ」

「へえ」

康平と瑠美は互いの目を見て微笑みを交し、ルイユを混ぜたスープをそっと味わった。

はなは山手の背中を軽く叩いた。

「今年もおじさんの鯛が主役だね」

「まあな」

山手は少し得意そうににんまりと笑った。

お客さんたちは、今年も呑んで食べて、はじめ食堂の忘年会を満喫してくれたようだった。

満足して肩の力を抜くと、ふっと別の思いが胸に兆した。

来年の師走も、今日と同じ日を迎えられるだろうか？

降って湧《わ》いたような再開発計画の話に、二三は心が揺れている。カウンターを振り返って一子を見ると、遠くを見る目になっていた。一子には二三の見えない何かが見えているのだろうか……？

もの思う師走が暮れようとしていた。

# 第三話

# 闘う鴨めし

一月七日のはじめ食堂は、恒例により七草《ななくさ》がゆをサービスした。ランチ定食にお椀《わん》一杯を無料でプラスするのだが、「良かったらご飯とチェンジできますよ」と一声かけると、七草がゆを希望する女性客が結構いる。

ご常連のワカイのOL四人組も、七草がゆを選んだ。

「お正月で太っちゃったから、ダイエットしないと」

四人とも口を揃《そろ》えてそんなことを言うが、誰《だれ》も太っていない。二三《ふみ》から見ればみんな小枝のようだ。

「それ以上痩《や》せたら、無くなっちゃうわよ」

「おばちゃん、見えないとこに肉が付いてるのよ」

「見えない肉は無いのとおんなじ」

食堂のおばちゃんの忠告など、若い女性には空念仏《からねんぶつ》だ。

「ノー、ノー。塵《ちり》も積もればブタになる、よ」

「それを言うなら、後は野となれブタとなれ、よ」

二三は捨て台詞《ぜりふ》のように言い置いて、カウンターに注文を通した。どうやらダイエット志向は永遠らしい、飢餓の時代が来るまでは。

「はい、日替わり二つね！」

万里《ばんり》が定食の盆に皿を置いた。

今日の日替わり定食はロールキャベツと麻婆《マーボー》豆腐。焼き魚はホッケ、煮魚は赤魚、ワンコインは肉うどん。小鉢はヒジキの煮物、ベーコンとホウレン草炒めの二品。味噌汁《みそしる》は大根、漬物は一子《いちこ》お手製の白菜漬け（柚子《ゆず》と唐辛子《とうがらし》が利いている）。これにドレッシング三種類かけ放題のサラダが付いて、ご飯と味噌汁はお代わり自由でお値段は一食七百円。

もっと安い定食や弁当はあるだろうが、手作りにこだわり、季節感を大切にしてこの値段は、東京中探しても滅多にあるまいと、二三・一子・万里はみんな自負している。

「おかゆ、お代わりできる？」

丼《どんぶり》を空にしたワカイのＯＬが尋ねた。

「はい、もちろん」

「じゃ、半分下さい」

「私、八分目」

結局、四人とも丼を差し出した。

「二杯喰《く》ったら、全然ダイエットにならないんじゃない？」

カウンターの中で、万里が呆《あき》れ顔で囁《ささや》いた。

「良いの。ダイエットは気分だから」

答える一子も声を潜めた。

「おばちゃん、今年もヴァレンタイン特別メニューやる？」

ご常連の若いサラリーマンが訊いた。

「気が早いわねえ。来月でしょ」

毎年ランチでは男女全員に義理チョコをサービスしているが、去年は〝ヴァレンタイン特集〟と銘打って、夜営業に限って新しいメニューを提供した。

「やるなら友達に声かけて、夜来ようと思って」

「あら、嬉《うれ》しい。それじゃ、張り切ってメニュー考えるわ。気が向いたら来てね。お待ちしてます！」

声を弾ませたものの、二三は内心本気にしていなかった。ランチのお客さんはほとんどの場合、夜には来店しない。価格帯が似たような居酒屋でも、昼とは別の店を選ぶのだ。

一時を過ぎると、潮が引くようにお客さんたちは腰を上げた。ランチ利用は会社勤めの人が多いので、十一時半から一時の間に集中する。一時から二時の間に来店するお客さんは、一握りの常連さん以外ほとんどいない。

「こんにちは」

一時を十五分ほど過ぎた頃《ころ》、野田《のだ》梓《あずさ》と三原《みはら》茂之《しげゆき》がやって来る。梓は三十数年来、三原は十数年来のランチのご常連だ。

「ロールキャベツで」

「あたしも」

三原が注文すると、梓も続いた。普段は魚系の定食を選ぶことが多いのだが、コロッケとロールキャベツは特別枠だった。

「ご飯を七草がゆに変えられるけど、どうする？」

「う～ん。じゃあ、七草がゆにしようかな。縁起もんだし」

「僕は、おかゆはおまけでいただきます」

三原はほんの少し考えてから答えた。

「カロリー半分とか塩分控えめって言われると、結局『じゃあもう一杯』ってなりそうでね」

「ある、ある！」

七草がゆをお代わりしたＯＬたちを思い出し、二三は思わず手を打った。万里もカウンターの中で吹き出した。

「どうしてかしら。人間の心理って不思議よねえ」

と、梓は情けなさそうに首を振った。

「三原さん、お若いんですよ。あたしなんか、もう二杯目は無理。顔は整形でごまかせても、内臓にアンチエイジングは効かないわ」

二三も釣られたように胃をさすった。

「まったく。私だって今は豚骨《とんこつ》ラーメンや特大ステーキ食べようと思わないもんね。天ざるやトンカツはイケるけど」

「充分でしょう、それで」

万里が呆れた声で言った。

「はい、おまちどおさま」

ロールキャベツ定食が運ばれると、三原も梓も、まずは目を細めて立ち上る湯気を吸い込んだ。

はじめ食堂のロールキャベツは一人二個付けで、ハンバーグと同じく合挽き肉にタマネギのみじん切りとパン粉・卵・塩胡椒《こしょう》を混ぜてこね、茹《ゆ》でたキャベツの葉三枚で包んである。肉の量は一人前七〜八十グラムあるので、かなりボリューミーだ。

そして松原青果《まつばらせいか》から仕入れたキャベツは、柔らかくて味が良く、ロールキャベツのグレードを一段引き上げてくれる。

煮込むスープはコンソメ味が基本で、そこにトマトソース・デミグラスソース・ホワイトソースのいずれかを加えることもある。今日はあっさりコンソメ味にした。

「……良いですねえ。素直な味だ」

「キャベツの旨味《うまみ》がスープに良く出てる」

二人ともスプーンでスープをすくい、何度も口に運んだ。あっさりしているが、肉と野菜のコクがあり、いつまでも飲んでいたい味だ。

孝蔵《こうぞう》から受け継いだ料理を、常連の二人が美味《おい》しそうに食べる姿に、一子は何とも言えない幸せを感じた。

本格的にフランス料理の修業をした孝蔵の料理は、普通の主婦だった一子には真似《まね》の出来ないものが多かった。ただ肉を焼くだけと思われているステーキでさえ、その微妙な塩加減と火加減は、一子の及ぶところではなかった。

それでも、見様見真似で受け継いだ料理もいくつかある。海老《えび》フライ、コロッケ、ロールキャベツ、ハンバーグ、そしてタルタルソース。

その全《すべ》ては二三へ、そして万里へと引き継がれた。二人が元気で料理を続ける限り、孝蔵の料理もこの世で輝き続けるのだと思うと、大任を果たした満足感が一子の胸を満たした。

「それでお姑《かあ》さん……」

二三の声でハッと我に返った。どうやらほんの一瞬、あちらの世界を覗《のぞ》いていたらしい。

二三と万里がじっと一子を見つめている。

万里はちょっと心配そうな顔をしているが、二三は何事もなかったかのような平静さを保っていた。

「なんだっけ?」

「今年のヴァレンタインメニューのこと」

「ああ、そうねえ」

一子は周囲を見回した。目の前のテーブルには賄いの料理が並んでいる。梓と三原の姿はない。いつの間に帰ったのだろう。

「去年は確か、菊川《きくかわ》先生のフィッシュパイだったねえ」

フィッシュパイはマッシュポテトにシーフードを埋め込んで焼いた料理で、英国の家庭料理だ。

「その後天皇誕生日の特別メニューがラムの串《くし》カツで……」

「そうそう!」

二三は内心安堵《あんど》しながら、大きく頷《うなず》いた。一瞬、一子がどこか遠くへ行ったような気がしたのだ。

「今年は何が良いと思う? イベントに相応《ふさわ》しい新作が見つかると良いんだけど」

「ヴァレンタインはやっぱ、洋風が良いよね」

ロールキャベツに箸《はし》を突き立てて、万里が言った。

「見た目重視だけど、白いオムレツとかオムライスってどう？」

「何、それ？」

「ネットで見た。黄身も白っぽい卵があるんだって。それで白いオムライス作って出してる店、何軒かあるよ」

「白身だけ使うんじゃなくて、全卵でも白いの？」

「ネットで見た限りでは」

鶏の産む卵の黄身の色は、エサによって決まる。トウモロコシをエサにすると黄色くなり、米粉をエサにすると白くなる。

「中は普通のチキンライスにしたり、こだわって白っぽいピラフにしたり、店によって違うけど。ソースもトマト系、ホワイトソース、ラクレットチーズとか、色々」

思いがけぬ新情報に、二三と一子は顔を見合わせた。

「オムライスはランチに出せるし、夜の単品メニューならオムレツもイケるんじゃない？」

二三は気持ちが弾んできた。

「お姑さん、良いと思わない？」

「そうね。白いオムライスなんて面白いし、お洒落《しゃれ》だわ」

「ヴァレンタインのムード、バッチリ」

「オムライスなら、ワンコインでも出せるんじゃないかねえ」

一子の提案に、二三は素早く頭の中で電卓を打った。黄身が白い卵は烏骨鶏《うこっけい》ほどではなくとも、きっと高いだろうから、五百円では儲《もう》けにならないかも知れない。

でも、年に一度のヴァレンタインだし、特別メニューを出したらお客さんたち、きっと喜んでくれる。それに、せっかくお姑さんが張り切ってるんだから、この際、ケチなことは言わない！

「そうよね。ランチのお客さんにも特別メニュー、出したいわ」

白菜の漬物でご飯を頬張《ほおば》った万里が、再び口を開いた。

「〇×△％＄＆は？」

まるで聞き取れないが、話の脈絡から考えて「天皇誕生日奉祝メニュー」のことだろう。

「今年は鴨《かも》よ」

打てば響くように、一子が答えた。

「だって宮中晩餐会《ばんさんかい》のお肉だもの」

宮中晩餐会では主賓の食物タブーを考慮して、鴨肉とラム肉を提供することが多いという。

「鴨はどういうメニューにする？」

「そりゃ、コンフィでしょ」

二三は味噌汁でむせてしまった。鴨と聞いてまず頭に浮かぶのは、鴨南蛮《かもなんばん》と鴨せいろ、鴨ネギ鍋《なべ》、それに「なか卯《う》」の鴨つけうどんくらいだというのに……。

「冗談だってば、冗談」

万里はあわてて両手を振った。

「鴨ネギ鍋とか、お蕎麦屋《そばや》さんで出てくる鴨の付け焼きなんかは、夜のメニューで出せるわね。あと、合鴨ロースを使ったサラダとか」

一子は微笑《ほほえ》みながら、次々とメニュー候補を挙げた。

「ランチで鴨南蛮か鴨うどん、どうだろう？　単品でワンコインにすれば、注文来ると思うわ」

「さんせい！」

二三がさっと手を挙げると、万里も高々と両手を挙げた。

「なんか、あっという間に決まっちゃったね」

「ま、チームワークっつうやつっすね」

おちゃらけた口調ではあったが、万里の言葉は二三も一子も胸に染みた。そう、いつの間にか三人の間にはチームワークが生まれ、見事に育っていたのだ。

「さあ、さっさと片付けて、また夜の部で詰めますか」

二三は自らを励ますように、元気良く立ち上がった。

「白いオムライスはヴァレンタインじゃなくて、ホワイトデーの方じゃない？」

その日、夜の営業に久しぶりに一番乗りした辰浪康平《たつなみこうへい》は、からかうように言った。

「だからさ、ヴァレンタイン関連つーことで」

「こじつけりゃ、何でもありだよな」

手を拭《ふ》き終わったおしぼりをカウンターに置くと、目を上げて万里を見た。

「今日のお勧めは？」

「まずはふろふき大根、菜の花のゴマ和《あ》え、カリフラワーのガーリック焼き、ハス蒸し、ホウレン草とホタテのグラタン、鱈《たら》のムニエル・レモンバターソースかな」

二三は康平の前に生ビールの小ジョッキを置いた。

「ランチの残りのロールキャベツもあるわよ。それと、ご飯のお供にお姑さんの煮た生海苔《なまのり》」

「迷うなあ」

康平はお通しの春菊のナムルに箸を伸ばした。

「先生が来てから決める？」

今日は店で菊川瑠美《るみ》と待ち合わせだった。

「ふろふき大根と菜の花はもらっとく。絶対に注文するはずだから」

「はい、毎度」

二三はカウンターに引っ込んで、一子と万里にそっと目配せした。三人とも、康平と瑠美の仲が順調に進展しているのを心から喜んでいる。

「ごめん、お待たせ！」

そこへ瑠美が飛び込んできた。

「全然っすよ。今来たばっか」

「お前が言うな」

康平は万里にひと言浴びせてから、瑠美を振り向いた。

「今日、ちょっと良い酒があるんだ。絶対気に入る」

はじめ食堂の飲料は全部辰浪酒店が卸しているので、勝手知ったるなんとやら、まるで自分の店のような口ぶりだ。

「へえ、どんなの？」

「おばちゃん、あれボトルで。グラス二つね」

「は〜い」

二三は冷蔵庫からスパークリングワインの瓶を出し、カウンターに置いた。

「スリーピラーズってオーストラリアの酒。赤のスパークリング」

「あらあ、珍しい。ランブルスコ以外にも赤のスパークリングって、あるのねえ」

「向こうじゃ、前菜からメインまでこれで飲《や》るんだって。ブラックベリーの香りで泡がスカッとしてて、なかなかだよ」

康平は説明を加えながら瑠美と自分のグラスにスリーピラーズを注いだ。鮮やかな深紅の液体から、ピンク色の泡が盛大に生まれてくる。見ているだけで気分が華やぎそうだった。

「乾杯！」

グラスを合せて一口飲むと、瑠美は目を見張った。

「美味しいわ。香りが高くて、味も深みがあるわね」

「何しろあの田崎真也《たさきしんや》さんが、二〇一八年に一推ししてるくらいだから」

それでいながら一瓶の値段は小売で千五百円弱。はじめ食堂でも充分に提供できる価格だ。

「ええと、お料理は……」

瑠美がメニューに目を落とすと、康平はさりげなく言った。

「ふろふき大根と菜の花のゴマ和えは注文しといた」

「ありがと。外せないわよね。後は……カリフラワーとハス蒸しとグラタンとムニエルももらいましょう。みんな季節の旬《しゅん》だもの」

「というわけで、頼むぜ、万里」

「任せなさい」

万里はドンと胸を叩《たた》いて、調理に取りかかった。

「先生、今年のヴァレンタインなんですけど……」

二三が菜の花のゴマ和えを運んで、特別メニューの件を話すと、瑠美はいつもながらノリの良い答を返してくれた。

「グッドアイデアだと思うわ。お洒落だし、女性のお客さんは絶対に喜ぶわよ」

「先生は召し上がったこと、あります？」

「ええ。赤坂の『津《つ》つ井《い》』と新宿の『ムートン』って店」

「如何《いかが》でした？」

「美味しかったわ。卵そのものは普通のより少しあっさりした感じだったけど、その分ソースが濃厚で……津つ井は魚介系で、ムートンはラクレットチーズだったかしら」

「なるほど」

二三が深く頷くと、一子もカウンターの隅から声をかけた。

「先生、その後は天皇誕生日特別メニューで……」

昼間候補に出たメニューを挙げてみた。

「よろしいと思いますよ。特に麺《めん》類はランチでも出せるし」

そして一瞬間を置いて先を続けた。

「治部煮《じぶに》はどうですか？」

「ああ、うっかりしてた。鴨肉を使うんでしたね」

「それと、鴨とネギの和風パスタも美味しいですよ」

「そうか、パスタも出来るんですね」

瑠美は考えをまとめるように、額に人差し指を当てた。

「でも、今回はお蕎麦かうどんにした方が良いかも。馴染《なじ》みやすいし。パスタは来年以降の候補に加えて下さい」

「瑠美さんも気が早いな」

「あら、善は急げよ」

と、康平が突然パチンと指を鳴らした。

「忘れてた。おばちゃん、このスリーピラーズ、キャッチフレーズが『すき焼きに合うレッドスパークリング』！」

「すき焼き？」

「ほんのり甘味があるから、すき焼きとか煮付けとか、砂糖と醤油《しょうゆ》を使った甘味のある料理にも合うんだよ」

「じゃあ、付け焼きとか治部煮を頼むお客さんに、お勧めだね」

万里がカウンターから首を伸ばすと、康平は指でＯＫを出した。

「あ、こっちも忘れてた」

二三も大事なことを思い出した。

「康平さんも先生も、白いオムレツのこと、山手《やまて》のおじさんには内緒ね」

康平と留美は顔を見合わせてにんまり笑い、大きく頷いたのだった。


暦が二月に変わった当日、ランチ営業を終えて賄いを食べ終わったとき、店の固定電話が鳴った。

今時固定電話にかけてくるのは友人知人ではない。役所関係か、何かで店の名前を知ったお客さんだろう。

「お電話ありがとうございます、はじめ食堂でございます」

二三が受話器を取ると、もの柔らかな声が流れてきた。

「ご無沙汰《ぶさた》致しております。昨年ご挨拶《あいさつ》に伺いました、上屋敷《かみやしき》コーポレーションの高原《たかはら》でございます」

「ああ……どうも」

上屋敷コーポレーションは、高層マンションを建て、佃《つくだ》の町を再開発する計画を進めている不動産デベロッパーだった。去年からずっと頭にのしかかっていた話だが、突然相手から電話が来ると、混乱してしどろもどろになってしまう。

「実は、昨年ご説明申し上げました件について、具体的なお話をさせていただきたいのですが、今週、少しお時間をいただけないでしょうか？」

「あ、はい」

「一《にのまえ》さまのご都合のよろしい日に、二時間ほどお時間をいただけるとありがたいのですが」

チラリと目を遣《や》ると、一子も心配そうにこちらを見ていた。

「え～と、土曜日の午後一時でよろしいですか？　平日はランチもあるので、時間が無くて」

「はい、もちろんでございます。それでは五日の土曜日、十三時にお伺い致します」

二三は「よろしくお願いします」と答えて受話器を置いた。

「いつかの不動産屋さん？」

「うん。土曜日に家に来るって。いよいよ交渉に入るみたい」

一子は切なげに目を伏せた。

「まさか、今になって再開発なんてねえ。とっくの昔に終わった話だと思ってたのに」

「お姑さん、ガッカリするの、早いわよ。棚からボタ餅かも知れないんだから」

口ではそう言ったものの、二三も不安を感じていた。そんなうまい話が転がっているわけはないと、六十余年の人生経験が教えてくれる。

「ああ、美味しかった」

「今度はヴァレンタインよね。特別メニュー、あるんでしょ」

二月三日の節分の日、ランチを食べ終わったワカイのOL四人組が勘定を払いながら、口々に尋ねた。

「新作出すから、期待してて」

釣り銭を渡し、二三は笑顔で答えた。

今日の日替わり定食ははじめ食堂名物鰯《いわし》のカレー揚げと、鶏《とり》の味噌焼き。焼き魚は塩鮭《しおじやけ》、煮魚はカラスガレイ。ワンコインはけんちんうどん。冬の野菜がたっぷり入った汁は滋味豊かで、ヘルシーなのに食べ応《ごた》えがある。小鉢は切干し大根と餡《あん》かけ豆腐。今日は味噌汁の代わりにけんちん汁（醤油味）。漬物は一子お手製の白菜漬け。そしてドレッシング三種類かけ放題のサラダと、節分サービスに豆の小パックを付けた。

日替わりで鰯のカレー揚げを出すので、小さな目刺しをサービスするのはやめたが、お客さんに不満はない様子だ。定食の内容が充実しているからだと、二三は勝手にそう思っている。

定食の盆を下げながらカレンダーに目を遣ると、土曜日まであと二日。会見は凶と出るか、吉と出るか？

本当はヴァレンタイン特別メニューに意識を集中したいところだが、どうしても気になる。せっかく楽天の通販で、最安値の黄身が白い卵を見付けたというのに。送料込みで一個八十円弱。これならオムライスに二個、オムレツに三個使っても採算が取れる……。

「おばちゃん、日替わりの鰯！」

「俺、鶏の味噌焼きね！」

お客さんの声で、二三の意識はランチの喧噪《けんそう》に舞い戻った。

「はい、ありがとうございます！」


あっという間にその日は来た。

はじめ食堂の将来のかかった一大事だと分っているので、珍しく要《かなめ》まで同席を申し出た。

「私達みんな法律に詳しくないから、会話は全部録音して、困ったことは会社の弁護士に相談する」

当たり前のように言って、小さなボイスレコーダーをジャケットのポケットに忍ばせた。

「あんた、いつの間にそんなもの買ったの？」

「お母さん、ボイスレコーダーは編集者の必需品よ。インタビューとか取材で要るの」

そして難しい顔で前方を睨んだ。

「まあ、向こうもプロだからボロは出さないと思うけどね」

法律に関しては、要の勤める出版社の顧問弁護士に訊けば良い。そう思うと、要まで頼もしく見えるから不思議だった。

午後一時ちょうどに「ごめん下さい」とガラス戸の外から声がして、高原克治《かつじ》と門田《かどた》幸宏《ゆきひろ》が入ってきた。

「本日はお忙しい中を、恐縮です」

前回同様、二人とも礼儀正しく、丁寧に頭を下げた。

「いいえ、こちらこそ。どうぞ、お掛け下さい」

二三はテーブルの向かい側の椅子《いす》を示した。一家は要を真ん中に座っている。

「それでは、失礼して……」

席に着くと、高原は持ってきたアタッシェケースを開き、クリアファイルに挟んだ資料を取りだした。テーブルの上に広げると、それは佃二丁目の詳細な地図だった。佃大通りと佃仲通りに面した一画が赤で囲んである。高層マンションの建設予定地だろう。

「昨年ご説明致しましたとおり、わたくし共の会社はこの地に高層住宅を建築する予定です。一階はショッピングモール、二階は飲食店、ファッション小物店、クリニックなどのテナント街、そして三階から上を住宅とする総合施設を考えております」

部下の門田は高原の説明が進むのに合わせ、新しい資料を出して広げた。外側から見た施設の完成予想図、ショッピングモールとテナントの内部のイラストなどが、次々に現われた。

「そして失礼ながら、一《にのまえ》さまのお住まいの現在の路線価を調べさせていただきました。こちらになります」

高原は数字の並んだ書面を三人の前に差し出した。土地の面積と価格がいくつか印刷されていた。

「ご存じのように、土地の値段は公示価格と路線価、そして実勢価格がございます」

簡単に言えば公示価格は国土交通省が毎年発表する土地の値段で、路線価は国税庁が相続税・贈与税を算出するために決めている値段である。路線価は公示価格の七～八割の場合が多い。

「そして、公示価格の一～二割増しが実勢価格となります」

高原は指を左から右へずらしながら、三つの価格を指し示した。一番右が実勢価格、つまり通常の土地取引に用いられる値段だろう。

「しかし、一さまのお宅は長年この土地でお店を経営なさっています。ご常連さんもいらっしゃるでしょう。我社としても、普通の住宅と店舗兼住宅を同じ基準で査定するのは、いささか不備があると存じまして、こちらの価格を提示させていただきます」

高原は電卓に数字を打ち込み、テーブルに置いた。

「……」

二三も一子も要も、息を呑《の》んだまましばし言葉を失った。それは三人が一生働いても手にすることが出来ないであろう金額だった。

それを見て、高原は「さもありなん」という顔で微笑した。

「如何でしょう？」

一呼吸置くと、自信たっぷりに先を続けた。

「この数字は、かなり良心的だと断言できます。どの不動産鑑定士に査定してもらっても、これ以上の数字は出せないと思いますよ」

要は明らかに落ち着きを失った様子で首を左右に振り、母と祖母の顔を見回した。一子は石像のように微動だにせず、目の前の数字を見下ろしていた。

二三は一子の様子を見て、真《ま》っ直《す》ぐ前を向いた。

「あのう、一つお伺いしてもよろしいでしょうか？」

「どうぞ」

「新築マンションの販売価格はどれくらいになるんでしょう？」

「間取りと階数によっても違いますが、八十平米で九千万から一億というところでしょうか」

二三も想定していた。中央区の新築マンションなら、そのくらいはする。

「それと、土地売買契約を承認していただいた場合、皆さんには特別控除の特例がございいますので、三千万円までは税金が控除されます」

高原の説明が終わると、二三は一番肝心なことを尋ねた。

「それと、この前仰《おつしや》っていたテナントの件ですが、優先的に入れてもらえると……」

「もちろんです」

高原はまたしても余裕たっぷりの笑顔を見せた。

門田が新しい資料をテーブルに広げた。テナントの入る二階部分のおよその間取りだった。広さは大・中・小とあって、赤・緑・黄色に色分けされていた。

「テナント料は大の店舗で月二百万、中は百五十万、小が百万です。場所にもよりますが、およそ坪単価七万〜八万ですね」

二三は一瞬目の前が真っ白になった。いくら新築で駅が近いとはいえ、佃でそこまで高額な家賃が発生するとは考えてもいなかった。飲食店の場合、テナント料のおよその目安は三日分の売上げと言われている。はじめ食堂が三日で百万も売上げるはずもない。

「でも、それは……」

話が違うと言おうとして、すんでの所で口の端に上った言葉を引っ込めた。

確かに高原は「優先的に入居していただく」とは言ったが、テナント料を負けてやるとはひと言も言っていない。二三から見れば天文学的なテナント料を払える店が、店舗を構えるだけの話だった。

「土地取引のお話は、ご近所ではどれくらい進んでいるんですか？」

一子の声に、二三は項垂《うなだ》れそうになった頭を上げた。

「裏の区画のお宅には、すでにほとんど了解をいただいています」

「そうですか。じゃあ、この通り沿いの家が最後なんですね」

「はい。佃大通り沿いのお宅は、店舗兼住宅が多いものですから」

高原はにこやかな表情を浮かべたまま、テーブル上の資料を一つにまとめた。

「それでは、本日のご説明で、何かご不明な点はございませんでしたか？」

「いいえ」

疲れ切った声で答えた。気力を使い果たした気分だった。

「一生の事柄ですから、まずはご家族の皆さんでじっくりと話し合って、答を出して下さい」

高原はまとめた資料を二三たちに差し出した。

「お気持ちが決まったら、会社の方にご連絡下さい。正式な契約の際は、弊社の東京支社にご足労願うことになりますが、よろしくお願いします」

高原と門田は立ち上がり、丁寧に一礼して店を出て行った。

三人の口からは重い溜息《ためいき》が漏れた。

「お母さん、どうするの？」

要が頼りなさそうな顔で二三の腕に触れた。

「分らないわよ。でも、一つだけハッキリしてるのは、新しく出来るマンションに店を出すのは無理ってこと」

「それじゃ、食堂やめちゃうの？」

二三は腕を組んで、高原が置いていった資料を眺めた。提示された土地の売買価格は目の玉が飛び出るほどで、実勢価格より高値をつけたという言葉に嘘《うそ》はあるまい。おそらく、店を営業していることを考慮したのだろう。

「今んとこ考えられる道は二つね。店を閉じて、新しいマンションを買って住む。私とお祖母《ばあ》ちゃんは年金があるから、無駄遣いしなければ何とかやっていけるわ」

「もう一つは？」

「中古のマンションに住んで、この近くに店を借りて食堂を続ける」

「どっちもパッとしないね」

新築マンションに住めると浮かれていたのに、すっかり気持ちが変ったらしい。

「私は生まれたときからずっと、お祖母ちゃんが食堂で働く姿を見てきたから、引退して年金暮らししてるお祖母ちゃんなんて、想像も出来ない」

「お母さんもよ。お父さんと結婚する前から、お祖母ちゃんは〝食堂のおばちゃん〟だったんだから」

「ありがとう」

一子は穏やかに微笑んで、要の頭をなでた。

「でもねえ、今度のことはふみちゃんと要に一番良いように考えて決めてね。お祖母ちゃんは今までずっと元気で頑張ってきたから、引退しても後悔しないよ」

二三は目頭が熱くなったが、かろうじて涙を堪《こら》えた。

何とかして、お姑さんには現役を続けて欲しい。これから先もずっと。だって、お姑さんは私の理想なんだから。


土曜日の夜営業の一番乗りは、辰浪康平と山手政夫《まさお》だった。

「いらっしゃい。珍しいわね、二人一緒なんて」

「ああ、そこでバッタリ会っちまってな」

山手と康平は並んでカウンターに腰を下ろした。

「小生《しょうなま》」

「俺《おれ》も」

二人ともどこか浮かない顔に見えた。

「何かあったの？」

おしぼりとお通しのキンピラを出して、二三は小声で訊いた。

山手は「良いのか？」とでも言うように、チラリとカウンターの中の万里に目を遣った。二三は黙って頷いた。土地買収の一件は、およそのことは打ち明けてある。はじめ食堂が存続するかどうかは、万里にとっても一大事だからだ。

もっとも本人は至って暢気《のんき》で「まだ先の話っしょ。決まってから考える」とうそぶいていたが。

「今日、うちに不動産屋が来て、お金の話をしていったわ」

山手と康平は「やっぱりな」と頷き合った。

「昼間、うちにも来たよ」

康平が苦々しげに言うと、山手も顔をしかめた。

「うちは一階のショッピングモールに出店しないかって話だった。ところがこれが、目の玉が飛び出るような賃料で……」

「うちも同じ」

康平は鼻の頭にシワを寄せた。

「正直、うちは店売りより配達の売上げがずっと良いから、一等地に店なんか持たなくたって良いんだ。ただ、冷蔵庫とかの設備が要るから、ここを出たら代替地を見付けないとダメなんだけど」

「俺はよ、マンションの一階に店を出せるのはいい話だと思ってた。しかし道路に面した今の店を、小綺麗《こぎれい》なショッピングモールの中に持っていって、それで商売が成り立つか分らねえ。どうも客層がまったく違うような気がしてな」

「でも、おじさんとこはやっぱ、ちゃんとした店を構えないとダメでしょ」

「そうさなあ……。政和《まさかず》もまだ現役だし、孫に店を残してやりてえしなあ」

万里がカウンターから首を伸ばした。

「ねえ、断って今の場所で店を続けるわけにはいかないの？」

二三と一子と山手と康平は、誰からともなく溜息を漏らした。

「無理だと思うわ。もう外堀を埋められたらしいの」

「外堀？」

「佃大通りの裏手の家は、あらかた売買契約をOKしたらしい。そうすると、俺たちが拒否したところで、裏手にタワマンが建つわけだ。そうなったら景観が変るし、多分佃仲通り沿いにショッピングモールの入り口が出来るだろう。客足はそっちに取られて、再開発に水を差されたご近所からは白い目で見られる……と、要するに踏んだり蹴《け》ったりってわけさ」

康平が二三に代わって説明した。

「あの不動産屋は、多分それを狙《ねら》って、この通り沿いの家を最後に回したのね」

カウンターの隅から一子が言った。

「なんか、ムカつくなあ」

「万里、こんなの可愛《かわい》いもんだぜ。俺の同級生なんか、眺めの良い新築マンション買った途端、同じ不動産屋が目と鼻の先に高層マンション建てちまったんだと。お陰で一日中真っ暗で、窓からはビルの壁しか見えなくなった」

「エグ～。それ、一種の詐欺じゃないの？」

「マンションの窓から富士山が見える、みたいなのは法律用語で〝眺望利益〟っつーらしい。それを認めると土地利用が大幅に制限されるんで、法律もあんまり味方してくれないんだな。俺の友達は同じマンションの住人十人と組んで訴訟起こしたけど、全面敗訴した」

「ひどい話ねえ」

二三は一生の買物で大損をさせられた康平の同級生が、気の毒でならない。

「まあ、うちだって同情してる場合じゃないけど」

康平は自棄《やけ》を起こしたように生ビールを飲み干し、「お代わり！」と叫んだ。

二月十四日の「ヴァレンタイン特別ランチ」は大盛況だった。白いオムライスは知る人ぞ知る存在だが、はじめ食堂のお客さんは誰も知らなかった。

「すごい！」

「オムライスが白い！」

女性も男性も実物を前に目を丸くした。来店したお客さんの半分以上が白いオムライス定食を注文した。

通常は包むご飯をケチャップライスにするが、今日は白さを強調してシーフードピラフにした。かけるソースはホワイトソースで、いやが上にも白さが際立つ。

本日の日替わり定食とワンコインは白いオムライスに統一した。狙いは当たって、仕入れのロスはほとんどない。

焼き魚は文化鯖《さば》、煮魚はカジキマグロ。小鉢はなめたけ風キノコおろし、タラコと白滝（築地《つきじ》の花岡《はなおか》商店の逸品！）の炒《い》り煮《に》。味噌汁は豆腐とワカメ、漬物は一子のお手製の白菜漬け。そしてサラダが付く。

「普通のオムライスより、こっちの方が好きかも」

「おばちゃん、またこれやってよ」

「はい。ご好評につき、いずれまた」

お客さんたちの嬉しそうな顔を見ると、二三は束の間《つかま》、土地売買の件を忘れることが出来る。そして、やっぱり中古のマンションに住んで、近くに店を借りて食堂を続けたいという気持ちが強くなる。

今日の賄いは、三人とも白いオムライスにした。普通の卵に比べるといくらかあっさりしているが、その分ソースと親和性が高い。

「今日はホワイトソースだけど、明太子ソースとか、トマト系、デミ系、チーズ系、色々試したら面白いよね」

万里がオムライスを口に運びながら言う。

「山手のおじさん、今日来るかしら？　絶対に白いオムレツ気に入るわ」

「オムレツの具材、何にしよう」

「シーフードは？」

「食感が違う気がするんだ」

「じゃ、タマネギとチーズかしら」

「マッシュルーム入れて、ホワイトソース掛けるのも良いな」

しゃべりながら、万里はすいすいと完食してしまった。

「これも定番になるよね」

万里が言うと、一子は嬉しそうに頷いた。

「新しい料理がどんどん増えるねえ」

そう、万里が来てからレパートリーが大いに広がった。これを途絶えさせたくない。次へとつなげて行きたい……。

二三は自分の心の声を聞いていた。

その日も午後四時五分前に、万里がはじめ食堂にやって来た。そして二三と一子の前で、ポケットからビラを出して見せた。

「家に帰ったら、郵便受けにこんなのが入ってた」

二三と一子は額を寄せてビラを眺めた。

「住民説明会？」

「佃二丁目に建設予定の高層建築物に関する説明会だって。上屋敷コーポレーションって、ここに来た会社だよね？」

二三と一子は万里に頷いてから、もう一度胡散臭《うさんくさ》そうにビラを見直した。

「それにしても随分早手回しだねえ。うちも政さんも康ちゃんのとこも、まだ承知したわけじゃないのに」

「断るわけないって、たかくくってんのよ」

しかし、口惜《くや》しいがその通りだった。近隣住民の総意がすでに決まっているなら、断るのは難しい。

「万里君の家にそのビラが来たってことは、お宅のご近所にも配ってるわけよね？」

「ああ、そうだよね」

同じ二丁目だが、万里の家は佃仲通りを挟んで区画が分かれている。そこの住人にまで説明会を開くというのは、よほど大掛かりな建築工事になるのだろう。

「そんじゃ、保谷《ほや》さんの家にもビラが入ってるかな」

二三の同級生の保谷京子《きょうこ》は、亡き後藤輝明《ごとうてるあき》の家を借りて住んでいて、万里の家と同じ区画にある。

「ねえおばちゃん、この通りの向かいの家は、どうなるんだろう?」

「そうよねえ」

万里に言われて初めて思い至った。佃大通りは両側に家が建ち並んでいる。昔は商店街だったが、今は廃業して個人住宅になっている家も多い。それにしても、さして広くもない通りを挟んだ向かい側に商業施設を擁する高層マンションが建ったら、生活が一変するだろう。

「うちの方だって、仲通りの向かいでやってる店なんか、ひとたまりもないよな、きっと」

そう言うと万里はビラを折りたたんでポケットにしまった。

「さ~て、今夜はホワイトオムレツ、一推しで行こう」

エプロンをはたく音が景気よく響いた。

保谷京子は六時に店に現われ、慣れた動作でカウンターに腰を下ろした。今では週三回は通ってくれるお得意さんだ。

「いらっしゃい。お飲み物、どうします？」

二三はおしぼりとお通しのタラコと白滝の炒り煮を出した。

お通しの小鉢を見ると顔をほころばせた。京子もこの花岡商店の白滝の大ファンだ。

「あ、これ、これ」

「飲み物は、あれ」

「スリーピラーズ？」

「そうそう」

一度飲んでから、紅《あか》いスパークリングワインがすっかり気に入り、最初の一杯は必ず注文する。

「おばちゃんはともかく、保谷さんもアレガネーゼっすか？」

万里がからかうように言っても、京子は鷹揚《おうよう》に微笑んだ。

「ハリウッドスターなんか全滅よ。ねえ、クラちゃん」

二三の旧姓は倉前《くらまえ》で、高校の同級生は今もそう呼ぶ。

「ホント。この前なんか、最後まで固有名詞出てこないで、映画の話しちゃったもんね」

「それでも通じるんだから、不思議よねえ」

京子はカウンターを見上げた。

「ところで、今日のお勧めはやっぱりホワイトオムレツ？」

ご常連さんには前もって今日の一推しを宣伝してある。

「ダントツです。中身はマッシュルームのソテーで、ホワイトソースがたっぷり」

「いただくわ。他には？」

「菜の花の洋風白和え、セリと青柳のぬた、ハマグリのワイン蒸し、ふきのとうの天ぷら」

菜の花の洋風白和えは、豆腐とパルメザンチーズ、オリーブオイル、ガーリックソースを混ぜたソースで菜の花を和える。砂糖を入れた和の白和えとはまったく別物で、ワインに合う酒肴《しゅこう》だ。

セリと青柳のぬたは、セリの爽《さわ》やかな香りと新鮮な青柳の甘味が、辛子を利かせた酢味噌で引き締まり、日本酒にピッタリの友となる。

京子は胃の辺りに手を当てて、食欲と相談してから答えた。

「え～と、天ぷらはやめとくわ。後は全部」

「シメで、ハマグリの煮麵《にゅうめん》ありますよ」

「あらあ、良いわねえ。それもお願い」

一通り注文が終わってから、二三は京子に近寄った。

「保谷さん、住民説明会のビラ、来なかった？」

「どうして知ってるの？　帰ってきたら郵便受けに入ってたわ」

「行く？」

「そうねえ」

　京子は少し首を傾《かし》げ、考えてから口を開いた。

「行ってみるわ。今週の日曜の午後なら空いてるし。うちとは区画が違うから、あんまり影響はないと思うけど……」

　京子は後藤の娘の渚《なぎさ》と話し合い、月一万円という格安値段で貸してもらう代わりに、渚の一家が東京に戻ってくるときにはすぐに明け渡す約束をした。そして、家の修繕やリフォームは京子が負担することになった。

「引っ越したばかりで、またよそへ移るのもいやなのよね。かなり手を入れたから、今の家に愛着もあるし」

　内装を一新しただけでなく、外壁も塗り直して、後藤の家は見違えるようにきれいになった。京子は資産家だった夫の遺産を相続したが、それは学術振興のために役立てる意向で、無駄遣いするつもりはなかった。

「ねえ、その住民説明会、一緒に連れてってくれない？」

「良いけど、どうして？」

「うちは建設予定地に入ってるの」

「まあ」

「だから、予定地に入ってない人たちの反応が知りたくて」

もし、この近所に店を借り、はじめ食堂を再開するとしたら、住民感情は知っておきたい。建設予定地の区画外に住む人々が、敷地を売って大金を手に入れる住人に、どんな感情を抱くのか。もし反感が強いとしたら、店を続けるのは難しいかも知れない。

「私は良いわよ。姉妹ってことにしましょうか」

万里がカウンターに菜の花の洋風白和えの皿を置いた。

「これは絶対にワイン。次、ぬた出ますけど、日本酒にしますか?」

「そうね。ええと……」

京子は楽しそうに飲み物のメニューを開いた。


上屋敷コーポレーションの住民説明会は二月二十日、佃の区民館ホールで行われた。開場は午後一時半、開始は二時。

二三は京子と誘い合わせて一時半ちょうどに区民館を訪れた。日曜日の午後なので参加者は多く、受付には行列が出来ていた。

会場内の様子は以前テレビのワイドショーで見たものとそっくりで、正面に主催者側が座る長テーブルと椅子があり、卓上マイクが置いてあった。その横に小さな四角いテーブルがあり、プロジェクタースクリーンも用意されていた。

長テーブルの向かいには住民用のパイプ椅子が何列も並んでいる。

二三と京子はちょうど真ん中くらいの列の椅子に座った。と、こちらに向かって歩いてくる二人連れが目に入った。万里と父親の赤目《あかめ》千里《せんり》だ。

「万里君！」

思わず立ち上がって手を振ると、二人は足を止めた。

「どうも、お疲れ様です」

千里は万里と一緒に二三たちと同じ列の椅子に進み、会釈してから腰を下ろした。

「本当は女房が来る予定だったんですが、急用で……」

千里も妻の郁子《いくこ》も教育者で、郁子は高校教師だ。学校で問題が起きると、休みに関係なく駆付けなくてはならないらしい。

「大変ですねえ」

二三は同情を込めて言った。

開始時間までに、会場はほぼ満席となった。

主催者側は二時少し前に会場に入って着席した。真ん中に一番上役らしき中年男性、その右側に部下と覚しき社員が二人座っている。中央の男性の左隣に座った男性の背広の襟には、ひまわりのバッジが付いていた。きっと会社の法務担当の弁護士だろう。

長テーブルの横のテーブルの前には、あの高原が立っていた。傍らには門田の姿もある。

「それでは、お時間となりましたので、説明会を始めさせていただきます」

高原がマイクを握って言うと、中央の男性が立ち上がった。

「私は上屋敷コーポレーション開発事業部の高木《たかぎ》でございます」

マイクを通してやや甲高い声が流れた。高木が一礼して座ると、横の社員たちも順番に立って自己紹介した。それで弁護士の名が志島《しじま》だと分った。

「今回のマンション建設と地域再開発計画についてですが……」

高原はプロジェクタースクリーンに映像を映しながら、テキパキと計画の概要を説明していった。それは二三たちが受けたものと変らない。

「そして、実際の建設に要する工期は……」

今年の秋から周辺一帯の解体工事に取りかかり、竣工《しゅんこう》は令和七年という、三年がかりの大工事だった。専門家でない二三にはよく分らない部分もあったが、所々に挟まれる「騒音規制法」と「特定建設作業」という言葉が耳に残った。

やがて会社側の説明が終わり、質疑応答が始まった。高原が「ご質問のある方は挙手願います」と言い終わるや、会場にいた三分の一くらいの人が一斉に手を挙げた。

坊主頭の初老の男性が指名されると、門田がマイクを手渡した。

「工事に三年もかかるんですよね。その間、我々はずっと騒音を我慢しなくちゃならないんですか？」

マイクを握って答えたのは弁護士の志島だった。

「先ほどの説明でも申し上げましたとおり、工事に関しては騒音規制法施行令に従って、住民の皆さまにも十分配慮した上で執り行います。時間は午前九時から午後五時までの八時間、土日祝日は休みます。そして騒音の上限は八五デシベルで、これは地下鉄や掃除機に相当すると言われています。しかし、弊社は第一種・第二種中高層住宅専用地域の基準に従い、四十五〜五十デシベルの範囲で対応させていただきます」

初老の男性はもどかしそうにマイクを握り直した。

「うちは年寄りがいるんですよ。九十五になるお袋が。要介護五で寝たきりなんです。そう長くは生きられないってのに、毎日工事の音聞かせなくちゃならないのかね？」

志島はあくまでも慇懃《いんぎん》に答えた。

「申し訳ありませんが、現在の技術ではこれ以上の対応は不可能です。そして、どうしても音が気になるようでしたら、個人的に騒音対策をすることも可能です。防音シートなども販売されていますので……」

初老の男はまだ何か言おうとしたが、高原が別の質問者を指し、門田がマイクを持っていった。

受け取ったのは三十代半ばの女性だ。緊張で強張《こわば》った顔をして、声も少し震えていた。

「この辺は小学校と中学校があって、通学路になっている道もあるんです。そこを工事用の資材を積んだトラックやダンプカーが何台も通るのは、危険じゃないですか?」

志島はまたしても慇懃に微笑みを浮かべて答えた。

「ご心配はごもっともです。弊社としても、近隣の皆さまのご迷惑にならないよう、なるべく通学路を通行するのは避けますし、それと同時に通学時間帯の車両通行は極力台数を減らす予定です。どうぞ、ご安心下さい」

女性はまだ不安そうだったが、反論できずにそのまま口を閉ざした。

門田が女性からマイクを受け取り、次の質問者の元へ持っていった。

今度は中年の女性だった。

「騒音もだけど、振動も困るんです。うちは瀬戸物屋で、近くで杭《くい》打たれたり、工事用のダンプカーが何台も通ったりしたら、響くでしょう。振動で商売ものにヒビでも入ったら……」

二三はその女性を知っていた。佃大通りの向かいの端の家の主婦だ。確かにかつては瀬戸物屋を営んでいたが、十年ほど前に廃業したはずで、シャッターは閉め切りになっている。

いくら何でも、これはちょっとダメじゃない?

二三は内心呆れ返った。長年佃で暮らしてきたというのに、こんなクレーマーのような真似をするなんて。

しかし、志島は今度も少しも動ぜず、にこやかに答えた。

「振動に関しましても、振動規制法に則《のっと》って、特定建設作業を進めて参ります。詳細はすでに区に申告して許可を取ってありますので、ご不審な点があれば区の方にお尋ね下さい」

それからも住人からの質問は続いた。

志島はその全《すべ》てに丁寧に答えたが、二三から見ると答になっていなかった。志島の回答を二三なりに翻訳すれば、「こっちは法律に則ってやっているんだから、お前らは黙ってろ」と言っているに等しい。要するに慇懃無礼なのだ。

質疑応答が白熱している最中、突然ホールの扉がバーンと大きく開き、血相を変えた男が勢いよく飛び込んできて、高木に走り寄って何か耳打ちした。すると、たちまち高木の表情も凍り付いた。

高木は長テーブルにいた二人の社員に目配せして立ち上がり、そのまま挨拶もなく、小走りに会場から出て行った。

さすがに志島も困惑した様子で眉《まゆ》をひそめた。

「なんだ？」

「まだ質疑応答は終わってないぞ」

「無責任じゃない」

しーんと静まり返っていた会場に怒号が響くが、高原も門田もオロオロしていて収拾が付かない。

「どうしたのかしら？」

二三と京子もわけが分らず周囲を見回した。

その横では万里がスマートフォンをいじっていたが、急に大きく目を見開いた。

「これじゃね？」

万里はスマートフォンの画面を千里と二三に交互に向けた。ライブニュースの配信が映っている。

「手抜き工事？」

タイトルが目に飛び込んできた。

その時、また別の社員が入ってきて、高原に何やら耳打ちした。すると高原も血相を変えて、志島に耳打ちする。志島は苦虫を嚙《か》みつぶしたような顔をしたが、高原は取り合っている余裕もないらしく、ハンドマイクをつかんだ。

「皆さま、本日はありがとうございました。実は、本社で重大事態が発生致しまして、対応に苦慮しております。説明会は後日、また開催させていただきますので、今日のところはこれで終了とさせていただきます」

住民からは不満の声が上がったが、高原はポケットから取りだしたハンカチで額の汗を拭いつつ、同じ言葉を繰り返した。

その日、二三は帰宅してからテレビで観《み》た夕方のニュースで、上屋敷コーポレーションが関西で建設したマンション数棟で、手抜き工事が発覚したことを知った。

高木を始めとする東京支社の社員たちは、知らされていなかったのだろう。だからあんなに慌てふためいていたのだと、改めて納得した。


「なんか、狐《きつね》に化かされたみてえだな」

山手がぼやくと、康平はぐるりと首を回した。

「俺は夢から覚めた気分だよ。良い夢だったのか、悪い夢だったのか……」

「どっちかしらねえ。ま、私は今まで通りこのお店が残ってくれて、嬉しいけど」

瑠美はそう言ってスリーピラーズのグラスを掲げた。

あの日曜日から六日後、今日は二十六日の土曜日で、天皇誕生日奉祝週間の最後の夜だった。

上屋敷コーポレーションは手抜き工事が発覚し、その後始末と補償問題で、佃の再開発になど手が回らなくなったようだ。土地売買の話は立ち消えになり、その後も復活しなかった。

「万里、治部煮と付け焼きくれ」

山手が言うと、万里がカウンターから首を伸ばした。

「おじさん、鴨のすき焼きも出来るよ。お供は長ネギと豆腐だけ。卵に絡めて食べるのが、おじさん向き」

「そうか。鴨と言えばネギだしなあ。すき焼きにするかな」

先に来ていた康平と瑠美は、シメの鴨南蛮を食べていた。

「鴨南蛮って、シメってイメージじゃないけど、特別メニューって言われると、食べないわけにはいかないよな」

「再開発の話で気疲れしたでしょ。スタミナ付けないと」

瑠美はそう言いながらパチンと指を鳴らした。

「あのね、池波正太郎《いけなみしょうたろう》のエッセイに、忠臣蔵の大石内蔵助《おおいしくらのすけ》が討ち入りする前に食べたといわれるメニューが書いてあったの。鴨をそぎ切りにして付け焼きにして、刻んだネギと一緒に溶き卵に入れて、それを炊きたてのご飯にかけて食べたんですって」

「美味《うま》そうだな」

隣にいた山手まで、ゴクンと喉《のど》を鳴らした。

「それにすごく精が付いたはずよ。江戸時代の人にしたら、鴨は戦闘食だわ」

「なるほど」

康平は鴨南蛮を見下ろして、ニヤリと笑った。

「俺も鴨南蛮食って、戦闘モードだ」

山手がカウンターを見上げた。

「万里、すまねえが、すき焼きやめて、瑠美先生が言ったやつをこさえてくれねえか？」

「良いよ。おじさん、気分は大石内蔵助だね」

康平が山手を振り向いた。

「おじさん、この酒、すき焼きに合うのがキャッチフレーズなんだよ。鴨めしで一杯どう？」

山手は疑わしそうな顔をしたが、康平は構わずグラスを一個追加して、山手の前に置いた。

「闘う鴨めしに、真っ赤な酒。良いじゃないの」

はじめ食堂に小さな笑いが起り、さざ波のように広がった。

# 第四話

# スッポンで一本

「今日は初物であしたばと根三つ葉が入ってますが、如何《いかが》です？」

野菜を詰めた段ボールを店に運び入れ、松原団《まつばらだん》が快活な口調で尋ねた。必要な野菜類は前以《まえもっ》て注文してあるが、当日に持参の野菜を勧めてくれることもある。

坊主頭で鉛筆を右耳に挟み、紺色の前掛けを締めた姿は昔の映画に出てくる御用聞きさながらで、どこかユーモラスでもあった。

「見せて」

二三《ふみ》も自然と明るい声で返事した。

暦が三月に変って二週目の月曜日。雛祭《ひなまつり》も終わり、気温も日差しも次第に春めいてきた。

松原団は配達を専門とする青果商で、店売りはしていない。江戸川区の自宅は代々続く農家だそうで、自家栽培の新鮮な野菜を扱っている。それ以外の野菜類は葛西《かさい》の青物市場で仕入れ、宮城県の農家とも契約を結んでいるので、根っ子付きのセリなど、珍しい地方の野菜も持ってくる。品が良くて値段もお手頃《てごろ》なので、はじめ食堂の野菜はほとんど松原青果から仕入れるようになった。

団本人は誠実な人柄で商売熱心、ときには「勉強」してくれたりするので、松原青果への信頼はますます篤《あつ》くなった。

「良いわね。もらうわ」

二三は団の差し出したあしたばと根三つ葉の束を見て、三束ずつ買うことに決めた。

「毎度ありがとうございます」

団は新たに伝票を書き、注文した野菜の伝票と一緒に差し出した。二三はそれを受け取ると電卓で二枚の金額を合計し、勘定を支払った。

「これ、明日の分ね」

二三が注文書を手渡すと、団はざっと目を通した。途中でパッと目を上げて「今、○○はすごく値上がりしてますよ。代用に××なんかどうですか？　値段は△△です」とアドバイスしてくれることもあるが、その日は最後まで何事もなかった。

「ありがとうございました！」

団はペコリと頭を下げて、店を出て行った。キビキビした動作を見る度に、野菜が鮮度を増すようで、二三は「八百屋さんはああでなくちゃ」と思う。

「お姑《かあ》さん、万里《ばんり》君、夜のメニュー、あしたばの天ぷら追加ね。根三つ葉は鳥わさにしよう」

二三はあしたばと根三つ葉を二人に見せ、厨房《ちゆうぼう》に運んだ。

「菜の花も今月いっぱいかなあ」

万里が段ボールの中の野菜をチェックして呟《つぶや》いた。新玉ネギとウドは今年の初お目見えだ。

「春野菜の天ぷら、新玉とあしたばとふきのとうでいこう」

「ウドとワケギも美味《おい》しそうだ。これは是非とも青柳《あおやぎ》とぬただね」

一子《いちこ》が後ろから野菜を覗《のぞ》き込んで顔をほころばせた。

「さて、戦闘開始！」

二三の合図でランチに向かい、三人はそれぞれの持ち場に着いた。


「ハンバーグ、デミソース！」

「私、おろしポン酢ね！」

「肉野菜炒《いた》め！」

「親子丼《どん》、セットで！」

ワカイのOL四人が口々に注文を告げる。

「は〜い、日替わりハンバーグデミとポン酢、日替わり肉野菜炒め、親子丼セット！」

二三も負けずに声を張り、カウンターの向こうの万里と一子に注文を通した。

今日のランチは日替わりがハンバーグ（デミグラスソースまたはおろしポン酢）と肉野菜炒め。焼き魚はアジの干物、煮魚は鯖《さば》の味噌煮。ワンコインは親子丼。小鉢は納豆（苦手な人は冷や奴《やっこ》）、新玉ネギとツナのマヨネーズ和《あ》えの二品。味噌汁はニラと揚げ、漬物は一子お手製のカブの糠《ぬか》漬け（葉付き）。これにドレッシング三種類かけ放題のサラダがついて、ご飯味噌汁はお代わり自由で一人前七百円は、このご時世に頑張っていると、二三が自画自賛したくなる今日この頃だ。

「ハンバーグにはデミかおろしポン酢か、永遠の謎《なぞ》よね」

湯気の立つハンバーグに箸《はし》を入れ、ワカイのＯＬが溜息《ためいき》を漏らした。割れ目から肉汁が溢《あふ》れだして、デミグラスソースと混ざり合う。

「私は何も掛けなくてもＯＫ。ここのハンバーグはパテが抜群に美味しいから。でも……」

選んだのはおろしポン酢だ。

「ポン酢の方がストレートにパテの味が分るのよね。それに、やっぱりご飯に合うし」

「あら、デミだってご飯に合うわよ。ハヤシライスとかオムハヤシとかあるじゃない」

美味しい物を食べると話も弾む。女性同士のハンバーグ談義は尽きない。

二三はカウンターを振り返り、中の万里と目を合せると、心の中でＶサインを送った。

やがて時計の針が一時を過ぎた。十一時半、十二時、十二時半と、三回のピークを迎えたお客さんの波も、一斉に引き始めた。

一時十五分を過ぎると、残っているお客さんは二人だけで、どちらも楊枝《ようじ》を使いながら椅子《いす》から腰を浮かせた。

「ありがとうございました」

お客さん二人が店を出るのと入れ替わりに、ランチのご常連である野田梓《のだあずさ》が、続いて三《み》原茂之《はらしげゆき》が入ってきた。

「お宅のハンバーグ、美味しいのよねえ。でも、鯖味噌も食べたいし……」

席に着くなり、梓は黒板のメニューを見てぼやいた。日頃は魚の定食を選ぶことが多いが、コロッケ、ロールキャベツ、ハンバーグなど〝洋食屋時代からの自慢メニュー〟のときは、大いに悩むのが常だった。

はじめ食堂のハンバーグは、隠し味に生姜《しょうが》とニンニクのみじん切りと日本酒を使っているので、他の店とはひと味違う。

「野田ちゃん、ハーフ&ハーフにしようか？」

二三はお約束と化したセリフを口にする。

「そうねえ。やっぱりそれでお願いするわ」

「僕はハンバーグは決まってるんだけど、ソースがねえ」

今度は三原が悩ましげに眉《まゆ》をひそめた。デミグラスソースとおろしポン酢は、人気を二分するソースだ。

「三原さんも、ハーフ&ハーフに致しますよ」

「そうですか。じゃあ、それでお願いします」

たちまち嬉《うれ》しそうに眉を開いた。

美味しいものを前にすると、ベテランホステスも帝都《ていと》ホテルの元社長も、ほんの少し子供っぽくなる。

二人が一日で一番充実した食事を楽しむのが、はじめ食堂のランチだった。朝はコーヒーとフルーツ（あれば）くらい、夕食は自宅ではごく軽く済ませ、たまに会食……三原は帝都ホテルの関係者と、梓の場合は同伴出勤……するが、仕事メインの食事はあまりリラックスできない。だからランチタイムが楽しく豊かであることを、二三も一子も万里も願っていた。

「ああ、ごちそうさま」

「美味しかったわあ」

二人がゆっくりと食後のお茶を飲んで店を後にすると、一分も経《た》たないうちに再び入り口の戸が開き、華やかな一団が入ってきた。

「こんにちは～！」

月曜ランチのご常連、メイ・モニカ・ジョリーンのニューハーフ三人組に、初めて見る顔が二人加わっている。

「いらっしゃい。今日は大勢さんで」

「紹介するわ。わが〝風鈴《ふうりん》〟の新人スター、ルビーとアニータ」

メイが二人の美女を前に押し出すようにした。エキゾチックな顔立ちは、おそらくフィリピン人だろう。風鈴は六本木にある人気のショーパブで、ダンサーの七割はフィリピン人のニューハーフだった。

「こんにちは。ルビーです」

「初めまして。アニータです」

二人は「よろしくお願いしま～す」と声を揃《そろ》え、愛嬌《あいきょう》たっぷりに猫のようなポーズを取った。イントネーションは少し違うが、言葉遣いはしっかりしていた。

「ようこそ、ルビーさん、アニータさん」

「うちの賄い、バイキングスタイルだから、好きなもんを好きなだけ食べて」

二三と万里が挨拶《あいさつ》すると、一子もカウンターから出てきた。

「まあ、きれいどころがこんなに大勢。店がすっかり明るくなったわ」

メイが素早く耳打ちすると、ルビーとアニータは一子を挟んで、星がきらめくように両手をひらひらさせた。

「一子さん、ソー・ビューティフル！」

「マーヴェラス！」

万里は感心したようにメイに囁《ささや》いた。

「お前の店、教育が行き届いてるな」

「でしょ」

それから風鈴のメンバーたちは、万里を手伝ってテーブルを寄せて大きな卓《テーブル》を作り、カウンターに料理を並べた。

「ハンバーグの日に当たったのはラッキーね」

モニカがハンバーグを取り分けながら言った。

「他の料理も美味しいけど、ここみたいなハンバーグは食べたことがないわ」

「やっぱり一子さんの亡くなった旦那《だんな》さんの直伝なの？」

ジョリーンが訊くと、一子はほんの少し首を傾《かし》げた。

「うちの人のハンバーグが百点とすると、あたしのは八十点くらいかしらねえ。レシピは同じだけど、腕が違うから」

「何しろおばちゃんのご主人は、帝都ホテルの副料理長だった人だから」

万里は当然のように断言した。一子が惚《ほ》れきっているのだから、孝蔵《こうぞう》はすごい人だったに違いないと思っている。

「新玉ネギのサラダ、美味しい！　甘くて柔らかくて」

モニカはサラダを頬張《ほおば》ってうっとり目を細めた。

新人のルビーとアニータも、互いに自国語で言葉を交しながら、美味しそうにもりもりと料理を食べている。

「ニラの味噌汁って、意外と美味しいのね」

メイが味噌汁の椀《わん》を見直した。

「そう言えばメイちゃん、お味噌汁の店、およそのところはもう決まってるの？」

メイはほんの少し眉をひそめ、難しい顔になった。ショーパブを引退したら味噌汁メインの店を開きたいというのが、昔からの夢なのだ。

「一応、定番の味噌汁と季節に合せた味噌汁の二本立てでやっていこうと思ってるの。定番を二〜三種類と、季節の日替わり味噌汁を二〜三種類、組み合わせて。それと、白いご飯だけじゃなくて、味噌汁に合うご飯も出してみたい……赤だしに天むすとか。名古屋つながりでね」

そして、ホッと溜息を吐《つ》いた。

「でも、全然絞り込めないのよね、あまりにも範囲が広すぎて。それにご飯も……炊き込みとか混ぜご飯とか、色々ありすぎて」

「そうよねえ。お味噌一つ取ったって、各地方で独特だし、合せ味噌なんて百種類以上あるんじゃないかしら」

「おばちゃん、お味噌だけじゃないわよ。お醤油《しょうゆ》も土地によって味が違うの。日本料理、想像以上に裾野《すその》が広かった」

メイはまたしても溜息を吐いた。

「かと思うと〝豚汁専門店〟なんて出来てるのよ。焦るわ」

万里も考え込む顔になった。

「……そうか。東京、あらゆるジャンルの料理屋があるよな」

「そうなのよ。ミシュラン三つ星からB級グルメ、屋台まで。自分がどの辺を目指すのが正解なのか、考えるほど分らなくなっちゃう」

「ま、焦んなよ、青木《あおき》。今は流行病《はやりやまい》で制限された外食が解禁になって、お客さんが増えてるだろ。先行き明るいし」

万里は暢気《のんき》に言うが、メイの迷いは少しも晴れないようだった。

その日の夕方、夜営業で店を開くと、真っ先に駆け込んできたのが辰浪康平《たつなみこうへい》と菊川瑠美《きくかわるみ》のカップルだった。

駆け込んできたというのは大袈裟《おおげさ》ではなく、二人とも店を目指して足早に歩いてきたのか、少し息を弾ませていた。

「ああ、喉《のど》渇いた。俺《おれ》、小生《しょうなま》！」

「私も！」

最近はスパークリングワインをボトルで注文することが多いのだが、今日はよほど喉が渇いているらしい。

「二人とも、息せき切ってやって来たって感じ」

「そうそう。ちょっと汗かいた」

二三がおしぼりを出すと、康平は遠慮無くゴシゴシと顔を拭《ふ》いた。

瑠美もお通しの新玉ネギとツナのサラダには箸を付けず、生ビールで康平と乾杯するや、一気に半分ほど飲み干した。

「ああ、やっと人心地が付いた」

「いったい、何があったんですか？」

二人が小ジョッキを置くのを待って、二三は訊いてみた。

康平と瑠美は素早く目を見交わし、互いの役割分担を確認した様子だ。

「あのね、今日、雑誌の仕事で加古川美麻《かこがわみま》と対談したんだけど……」

「ああ、あのグルメリポーターの？」

加古川美麻は旅番組やグルメ番組の常連タレントだった。

「そうそう。実は彼女、意外なことに偏食で苦労したんですって」

「まあ」

「それで、この前二三さんが料理教室をした佃《つくだ》小学校の、発達障害で食べるのが苦手な子供達の話をしたら、もの凄《すご》く共感して、アレルギーその他、食べられない子供達を取材してドキュメントを書きたいって言うの。人気のタレントさんなのに偉いと思って……」

そこまで話してから、横道に逸《そ》れたことを思い出したらしく、あわてて軌道修正した。

「それでね、加古川美麻に聞いちゃったの。新小岩《しんこいわ》に幽霊居酒屋があるんですって」

瑠美の目は好奇心で爛々《らんらん》と輝いている。

「新小岩って、総武線の？」

二三は亀戸《かめいど》生まれなので、総武線沿線には結構土地勘がある。

「女将《おかみ》さんが一人でやってる、何の変哲も無い小さな居酒屋なんだけど、次に行ってみたらお店がなくなってて、隣の店で訊いたら、女将さんはもう三十年も前に亡くなってて、お店も人手に渡ったあと閉店したんですって！」

「まああ！」

二三は溝口健二《みぞぐちけんじ》の映画「雨月《うげつ》物語」で観《み》た、故郷を捨てた男が久しぶりに家に舞い戻ると、妻が優しく迎えてくれるが、実は幽霊だったというエピソードを思い出した。

しかし、瑠美は面白がっている口ぶりで先を続けた。

「でも、その幽霊の女将さん、すごく好《い》い人で、美麻さんは『新しい一歩を踏み出すように、背中を押してもらった気がする』って言ってたわ」

二三も一子も万里も「へええ」と間の抜けた声を出した。

「だから、今度二人で行ってみようかと思って」

瑠美が「ね！」と同意を求めると、康平も楽しそうに頷《うなず》いた。

「問題は、俺たちが行ったときに、上手《うま》くその幽霊居酒屋が現われるかどうか、だけど」

「ダメで元々よ。私、新小岩って行ったことないから、行ってみたいわ。同じ葛飾《かつしか》区でも、柴又《しばまた》や亀有《かめあり》は映画やアニメになってるし、立石《たていし》は〝千ベロ〟で有名なのに」

〝千ベロ〟とは「千円でベロベロに酔える」の略である。

「そうだね。女将さんが出てこなかったら、別の店を探せばいっか」

気の合う二人は話がまとまるのも早い。特に食べものに関しては。

「さてと、今日のお勧めは……」

二人は揃ってメニューに目を走らせた。

春野菜（新玉ネギ・あしたば・ふきのとう）の天ぷら、青柳・ウド・ワケギのぬた、わらびのお浸し、鳥わさ（根三つ葉とササミ）、ボンゴレビアンコ、ハマグリの煮麵《にゆうめん》。

「あら、春野菜オンパレードって感じね」

「先生、肉っぽいものはレギュラーのとこにあるっすから」

万里がカウンターから首を伸ばした。

肉料理の項には串《くし》カツ（鶏《とり》肉と長ネギ）、ハンバーグ、ポークソテー、トンカツと並んでいて、魚料理には鯛《たい》の兜煮《かぶとに》、アサリの酒蒸し、焼きハマグリ、海老《えび》フライが載っている。

康平がメニューを指さした。

「まず初物は外せないな。春野菜の天ぷらとぬた、わらび、それと鳥わさは頼もう」

「そうね。それじゃ、揚げ物がかぶらないように、お肉はハンバーグかポークソテーにしましょうか」

「賛成。ポークソテーにもそそられるけど、何しろここのハンバーグは絶品だから」

「ええと、そうするとシメは、ボンゴレビアンコか煮麺ね」

「アサリの酒蒸しか、焼きハマか、どっちを選ぶかで決めよう」

「そうねえ……。万里君、この焼きハマグリは殻ごとグリルで焼いたあれよね？」

「はいっす」

瑠美は康平を振り向いた。

「取り敢《あ》えず焼きハマグリは注文して、最後にお腹《なか》の具合で決めない？　余裕があったらボンゴレビアンコ、結構一杯だったら煮麺」

「そうだね」

というわけで注文は即決した。

「お酒、どうする？　今日は和食系の料理が多いから、日本酒がお勧めだけど」

康平ははじめ食堂のアルコールと飲料を一手に引き受けて卸しているので、品揃えは知り尽くしている。

「もちろん、お任せよ」

「おばちゃん、黒龍《こくりゅう》のいっちょらい二合ね」

注文してからアルコールメニューを開き、いつものように解説した。

「研ぎ澄まされた涼味のある酒で、新鮮な魚介から蟹《かに》クリームコロッケ、地鶏の塩焼きまで、幅広い料理と合うから、春野菜の天ぷらにもいけるよ」

そして人差し指をメニューの下の方へ移動させた。

「ハンバーグになったらこの『上喜元《じょうきげん》　雄町《おまち》』を頼もうか。雄町は酒米の中でも一番歴史が古くて、山田錦《やまだにしき》の親みたいな感じかな。この酒は雄町の持ち味の太さをイカし、なおかつバランス良く仕上げた食中酒の傑作だよ。噛《か》むと肉汁のジュワッと出る地鶏や豚の塩焼きと抜群に合うから、ハンバーグにも絶対合う」

康平は単に家業だからというだけでなく、日本酒を心から愛し、祖父の代から全国の酒蔵を巡って応援してきた。酒について語るときの康平は、いつもより一回り大きく見える。

「そう言われると、ポークソテーで上喜元を飲んでみたくなるわ」

「あ、そうか」

康平も解説するうちに迷いが生じたらしく、助けを求めて一子を見た。一子はそれを受け、カウンターの隅で微笑《ほほえ》んだ。

「康ちゃん、せっかく上喜元の雄町が入ったことだし、今日はポークソテーにしたら？ハンバーグとトンカツと海老フライはうちの定番だから、いつでもあるわよ」

「そうだね。そうしようか？」

瑠美もすぐさま頷いたが、続いて何かに思い当たったようだ。

「ねえ、ポークソテーにするなら、ご飯をもらって締めにしない？」

「あ、その手もありか」

「私、トンカツやビフテキはお酒の肴《さかな》で良いんだけど、ポークソテーと生姜焼きは、ご飯が欲しくなっちゃうの」

「だよね」

康平は再びカウンターを見上げた。

「つーわけで万里、ポークソテーとご飯でシメ」

「へい、毎度」

万里はすでに調理にかかっていて、すぐにわらびのお浸しとぬたの器をカウンターに置いた。

「最近、山菜メニュー増えた？」

「出入りの八百屋さんが持ってきてくれるの。あく抜きのやり方教えてくれたから、挑戦してみたんだけど」

二三が代わって答えた。松原青果の山菜類は、契約している宮城県産だという。

「素朴に美味《うま》い」

康平はわらびのお浸しを口に入れて呟いた。

あく抜きして茹《ゆ》でたわらびを、出汁《だし》醤油に漬けて生姜を混ぜたシンプルな料理だが、素朴で舌に馴染《なじ》む。

「ああ、春なのよねえ」

瑠美もぬたを肴に黒龍のグラスを傾けた。

「こんばんは」

そのとき、入り口の戸が開き、お客さんが入ってきた。

「あら、メイちゃん」

今日はショーパブの方は非番だが、昼間ランチに来たばかりなのに。

「一人なんだけど」

「どうぞ、どうぞ」

二三はカウンター席を指し示した。メイは康平と瑠美をチラリと見て、遠慮がちに尋ねた。

「お邪魔じゃないかしら?」

二人とも屈託のない顔で首を振った。

「ちっとも」

「全然」

メイは軽く会釈して、二つ離れた椅子に腰を下ろした。

「青木、何飲む？」

「そうねえ。平凡だけど、最初は生ビールにしとく。小ジョッキで」

「へい、まいど」

二三はおしぼりとお通しをメイの前に置いた。

「珍しいわね、一人って」

はじめ食堂に来るときは、いつも仲間のモニカとジョリーンが一緒だ。

「まあ、たまにはね」

メイは生ビールのジョッキを目の高さに掲げてから口を付けた。

「食べ物、どうする？」

「万里君に任せるわ」

「腹へってる？　それほどでもない？」

「ええと、小腹と大腹の間くらい」

「おし、わーった」

万里はチラリと考えてからパチンと指を鳴らした。

「季節もんで、青柳・ウド・ワケギのぬた、わらびのお浸し、鳥わさ、焼きハマグリ、シメにボンゴレビアンコ」

「ステキ！　季節感豊かでヘルシー、カロリーも控えめだわ」

メイも指を鳴らすと、万里の倍くらい大きく響いた。

明るく振る舞っているが、何か悩みを抱えていることを、二三は感じ取った。何もなければいつもの様に、仲間を誘ってくるだろう。

「私、ちょっと自信なくしてるのよ」

二三の視線を感じ取って、メイは気弱に微笑んで見せた。

「お昼に連れてきた新人……」

「ああ、ルビーさんとアニータさん」

「来日して二年足らずだけど、筋が良くてね。もう、うちの店の看板スターになること間違いなし。あの子たちがいてくれれば安心だわ。だから私、今年いっぱいで引退しようと思ってるの」

「いよいよ、お味噌汁のお店を開くのね」

「そのつもりで、物件を探してたんだけど……」

メイは悩ましげに視線を彷徨《さまよ》わせた。

「何だか、段々不安になってきちゃって。私、食べ物屋で働いた経験、ないのよね。居酒屋や牛丼屋でバイトしたこともないし。……ショーパブひと筋で」

メイは中学生のときに両親を事故で失い、祖父母に引き取られた。祖父の中条恒巳《なかじょうつねみ》は社交ダンス教室を経営していて経済的には不自由はなかったし、大事な一人娘の忘れ形見なので、孫のことはとても大事にして、小遣いも潤沢に与えていた。だからメイは学生時代にアルバイトした経験がなかったという。

「趣味でお料理作るのと、商売でお店切り盛りするのって、全然違うじゃない。だから、考えると不安なのよね。大好きな風鈴を辞めてまで始めるお店だから、絶対成功させたいし」

二三だけでなく、はじめ食堂にいた全員が共感して頷いた。

「だから、万里君、すごい尊敬しちゃう。料理人の修業をしたわけでもないのに、今じゃ立派にこの店の料理人だもん」

「いやあ、それほどでも。持って生まれた才能っつうの」

万里はバンダナの上から頭をかいた。そして二三が「バ〜カ」とツッコミを入れる前に、言葉を足した。

「ただ、俺の場合はおばちゃん二人がいてくれたからさ。最初は手取り足取り教えてくれて、料理するようになったらいっつもフォローしてくれて。すげー恵まれてたんだよね」

軽い口調ではあったが、二三も一子も胸が熱くなった。いくら本人が一生懸命でも、気持ちは他人に伝わりにくい。しかし、万里は二三と一子の気持ちを素直に受け止め、真心で返してくれたのだ。

「メイちゃん、例えばお店を持つ前に、ひと月かふた月、どこかのお店を手伝うとかしたらどうかしら」

一子がもの柔らかに助言した。二三も同じ考えだった。

「うん、考えた。ただ、私の場合、ちょっと難しいのよ」

メイの言葉に、一同はハッと息を吞《の》んだ。

メイがはじめ食堂に通うようになって何年も経つ。二三たちはもちろん、ご常連のお客さんたちも、メイを「物珍しいニューハーフ」ではなく「青木皐《さつき》」という個性を持った人間だと思って受け容《い》れている。しかし、世の中にはそうでない人も沢山いるのだ。

気を取り直したように、康平が口を開いた。

「メイちゃん、もしかして、お店の先輩で引退して飲食店開いた人とかいたら、そこでバイトするのは？」

メイは康平を振り向いて、感謝を込めて小さく頭を下げた。

「いないことはないんだけど、みんなスナックとかバーなのよ。つまみ程度は出すけど、食べ物屋さんとは違うから」

「そっか。むずかしいもんだな」

康平が眉を寄せると、瑠美も浮かない顔をした。

「今、チラッと、うちの教室のアシスタントって思ったんだけど、飲食店とは全然ジャンルが違うものねえ」

メイは吹っ切るように首を振った。

「皆さん、ごめんなさいね、心配させちゃって。でも、大丈夫。必ず方法は見つかるから」

メイはジョッキに残った生ビールを飲み干すと、おしぼりで口元に付いた泡を拭《ぬぐ》った。

「ふう……。二杯目はスパークリングワインもらおうかな」

アルコールのメニューを取ろうとしたが、手を引っ込めて康平の方を見た。

「イェットとランブルスコとスリーピラーズ、どれが良いですか？」

「一杯目はイェットが良いよ。二杯目がスリーピラーズ、三杯目がランブルスコ。薄味から濃い味ね」

「なるほど。料理もお酒もおんなじね。ありがと」

くるりと二三を振り返り、明るい声で言った。

「イェット、グラスで」

「はい、毎度」

二三も明るい声で答えた。

そうしているうちに次々新しいお客さんが入り、テーブル席はすべて埋まった。

康平と瑠美も順調に食べ進んで、シメのポークソテーが目の前に置かれた。気取った店ではないので、食べやすいように肉は切り分けてある。

「ソース？　醤油？」

康平が瑠美に訊くと、万里がカウンターから口を挟んだ。

「おろしポン酢も出来るっすよ」

瑠美は一瞬迷ったが、きっぱりと答えた。

「最初は塩胡椒《こしょう》でいただきましょう。それから、お互いに好きな方で」

「了解」

二人は同時に箸で肉を一切れつまみ、口に運んだ。

「美味しい。この絶妙な脂の入り方が、何とも言えないわ」

「俺、子供の頃ポークソテー大好きだった。若気の至りでビフテキに浮気した時代もあったけど、四十過ぎると豚肉へ回帰するなあ」

康平はソースを少し垂らし、白いご飯と一緒に口に運んだ。瑠美は塩胡椒味のままご飯を食べた。

「子供の頃、親父《おやじ》とお袋が銀座の洋食屋に連れてってくれてさ。ポークソテー頼んだら、上にパイナップルが載っててビックらこいたよ」

「ある、ある」

瑠美も嬉しそうに手を叩《たた》いた。

「生ハムメロンと並ぶカルチャーショックよね」

「そう言えば、最近は〝トンテキ〟ってあるでしょ。あれ、ポークソテーと違うの？」

「ポークソテーは焼いた豚肉の意味だから、トンテキはポークソテーの一種になるわね。聞いた話だと、トンテキは四日市《よっかいち》の『來來憲《らいらいけん》』ってお店が発祥で、醬油ベースのソースがかかってるとか、ニンニク風味とか、付け合わせが千切りキャベツとか、お約束がいくつかあるみたい」

さすがは料理研究家で、瑠美はスラスラと応《こた》えた。

メイは楽しそうに語らう二人の様子を目の端で眺めて、ちょっぴり羨《うらや》ましそうだった。


「ただいまあ」

その夜、例によって閉店時間の九時を過ぎてから、要《かなめ》は帰宅した。

「今日、ご飯なに？」

空いたテーブルの椅子に大きなショルダーバッグを放《ほう》り出すと、早速冷蔵庫から缶ビールを取りだした。

「春爛漫《はるらんまん》。春野菜に青柳、アサリ、ハマグリ」

万里は料理の並んだテーブルを指し示した。要は缶ビールを万里にも一本渡し、春野菜の天ぷら、青柳・ウド・ワケギのぬた、鳥わさの皿を眺めた。

「なんか上品。日本料理屋みたい」

「ガッツリしたもん喰《く》いたかったらポークソテー焼くぜ。後、ボンゴレビアンコとハマグリの煮麺も出来る」

要は喉を鳴らしてビールを流し込み、「プハー!」と大きく息を吐いた。

「あ〜、生き返る! 万里、ポークソテー焼いてよ。それでご飯食べる」

缶ビールを片手に背もたれにもたれ座っている要は、中年サラリーマンそのものだった。

二三はつくづく、今の世の中、男も女も変らないと思う。同じ会社で同じ仕事をしていれば、生態が似通ってくるのは当然かもしれない。

そう思うと、メイが背負わされた荷物の重さが思いやられた。

「ねえ、万里、シジミのパスタって知ってる?」

暢気な要の声は、今の二三には脳天気に聞こえるほどだ。

「シジミ? アサリじゃなくて?」

「そ。この前食べたけど、美味かった。シジミもバカに出来ないよ」

「ボンゴレビアンコがシジミになったみたいな?」

「ええとね、ちょっと和風だった。お醤油味で、生姜が利いてて」

「深川丼《ふかがわどん》をシジミにしたようなもんかねえ」

傍らで一子が首を捻《ひね》った。

「食堂で一回やってみたら？」

要が珍しく新メニューを提案した。

「シジミとなると……ワンコインかねえ」

一子が二三の顔を窺《うかが》った。

「良いかもしれない。ボンゴレビアンコはみんな知ってるけど、シジミのパスタって珍しいし」

「俺、うちで一回作ってみるよ」

「さすが、万里。研究熱心」

要がわざとらしく持ち上げると、万里もお約束の「どや顔」で反っくり返った。

それを見て微笑んだ一子は、ふと思い付いたように目を輝かせた。

「ねえ、ふみちゃん、暮れから再開発計画とやらで、うちも万里君も振り回されたから、慰労会開こうよ」

「慰労会？」

「そう」

一子は確認するようにみんなの顔を見回してから、再び言葉を続けた。

「みんなでゆっくり美味しい物を食べに行こうよ。雛祭も終わって、これから五月のお節句まで、店のイベントもないことだし」

「賛成！」

二三が真っ先に声を上げた。

「ホント、あの再開発計画には生きた心地しなかったわよ。厄落としも兼ねて、美味しいもの食べよう！」

二三が返事を促すように万里を見ると、右手を突き出してぐいと親指を立てた。母と祖母がご馳走《ちそう》してくれるのだから、要にも否やはない。

「決まり！　で、お店、どうする？」

二三が一同の顔を見回した。

今度は真っ先に声を上げたのは一子だった。

「あたしは美味しい和食が食べたいわ。洋食屋の女房だったのに、やっぱり最後は原点に帰るのかしらねえ」

「俺も、和食。フレンチやイタリアンやエスニックは友達と食べに行くけど、考えてみたら、ちゃんとした日本料理の店って、入ったことないんだよね。……刺身と焼き魚のイメージ強いせいかな」

万里はシラスからマグロまで、尾頭付きの魚が食べられない。しかし、それ以外の魚介はすべて好物だった。

「和食屋で魚ダメですって言って、大丈夫かな？」

「それはちゃんと予約して、前もって話せば大丈夫よ。万里君はイカ・タコ・海老・蟹・ホタテ・ウニ・イクラなんかは全部大丈夫だし、生ものも食べられるんだから」

一子は安心させるように言ってから、二三と要の方を見た。

「どこか良いお店、知らない？　お高くても大丈夫よ。年金が貯《た》まってるからね」

「お祖母《ばあ》ちゃん、さすが！」

要は拝む真似《まね》をしてから急に真顔になった。

「あのね、丹後《たんご》から聞いたんだけど、新富町《しんとみちょう》に『八雲《やくも》』って日本料理屋があるの。カウンターとテーブル一卓だけで、夫婦二人でやってるこぢんまりしたお店なんだけど、料理は会席で、とにかくすごい美味しいんだって」

丹後千景《ちかげ》は要と同期の西方《さいほう》出版の社員で、今は「ウィークリー・アイズ」という週刊誌の編集部にいて、訪問医の山下智《やましたさとる》のコラムも担当している。

「丹後はグルメ本の編集何冊もやってたから、飲食店に詳しいのよ。会社じゃ〝リアル食べログ〟っていわれてる。その丹後が絶賛してたんだから、間違いないと思う」

二三と一子はパッと顔を見合わせた。二人とも「夫婦二人で営むこぢんまりとした店」というフレーズに心惹《ひ》かれた。所謂《いわゆる》板前割烹《かっぽう》という形式だ。昔読んだ食通のエッセイに

「本当に美味い料理は板前割烹にある」と書いてあった。

「そこにしよう!」

二三と一子は同時に声を上げた。

「すげー簡単」

ちょっぴり呆《あき》れ顔の万里に、二三は得意そうに胸を張った。

「私やお姑さんみたいに長年食べ物屋をやってると、店構えを見れば、美味いか不味《まず》いかだいたい分るのよ」

「見てないじゃん」

「聞けば分る」

万里と要は「これだもんね」と肩をすくめ、四人の間にはさざなみのように笑い声が広がった。


「お電話ありがとうございます。新富町八雲でございます」

翌日の午後五時、要に調べてもらった番号へかけると、落ち着きのある女性の声が応対した。これが女将さんだろう。

「来週の土曜日、三月十九日の午後六時に四人で予約をお願いしたいんですが」

「はい。少々お待ち下さいませ」

二十秒ほど間があって「はい、大丈夫でございます」と答が返ってきた。

続いて予約の内容を復唱してから、料理について質問すると「料理人とお電話代わりますので、お待ち下さいませ」とことわりがあり、今度は主人と覚しき男性の声が出た。

「実は、四人のうち三人は好き嫌いもアレルギーもないんですが、一人、尾頭付きの魚が食べられない者がおりまして」

二三が万里の嗜好《しこう》について説明すると、主人は落ち着いた声で答えた。

「それでは、魚以外の魚介で対応させていただきます。生ものは召し上がれるということですが、例えばイカや海老、ホタテの刺身などは大丈夫でしょうか？」

「はい、大丈夫です。他にもウニとかイクラとか、高い寿司《すし》ネタは食べられるんですよ」

電話の向こうで主人が微笑む気配が伝わってきた。

「お値段ですが、八千円・一万円・一万二千円のコースがございます」

二三は一瞬「安いですね！」と言いそうになった。高級割烹というのは、最低二万円はするだろうと覚悟していたのだ。

「ええと、お値段によって内容は、どう違うんでしょうか？」

「八千円は普通の和食のコース料理で、一万円はそれに肉料理が追加になります。一万二千円はスッポンのコースでございます」

肉付きか、スッポンか、二三はしばし迷った。すると主人がさらりと言葉を添えた。

「八千円のコースを選んでいただいても、内容も量も、充分ご満足いただけるかと存じます」

「スッポン、お願いします！」

つい鼻息が荒くなり、声も高くなった。美味しいものの予感は、人の心を騒がせるのだ。

待望の慰労会の日がやって来た。

二三たち四人は一緒に月島《つきしま》駅から有楽町線に乗り込んだ。新富町は隣駅である。店はそこから徒歩一分、平成通り沿いの路面店だった。

二三も一子も、落ち着いた店構えを見た瞬間、大当たりを確信した。店内はカウンター六席に四人掛けテーブル一卓と、至ってシンプルだが、内装は趣味が良く、清潔感が漂っていた。

L字型カウンターの一角は、背面がガラス張りになっていて、坪庭が眺められる。その効果で、小さな店が実際より広く感じられた。

真っ白な調理服と調理帽を身につけた主人はカウンターの中で調理に専念し、女将さんが接客担当だった。地味な和服を着ているが、水商売っぽい雰囲気は少しもない。生真面目《きまじめ》な顔つきで髪を小さくまとめ、黒縁の眼鏡をかけた姿は、割烹の女将というより書道のお師匠《ししょう》さんのようだ。主人は五十そこそこ、女将さんはそれより十歳くらい若いらしい。

「こちらがお飲み物のお品書きになります」

おしぼりを運んできた後、和紙を綴《と》じた飲み物のメニューを差し出した。

「あら、すごい充実してる！」

ひと目見て要が言った。二三も一子も万里も同じ思いだった。

日本酒はもちろん、ワイン、シャンパン、焼酎《しょうちゅう》、ウイスキーと、いくつもの銘柄が並んでいた。ワインはフランス産と国産に分かれていて、有機ワインも何種類かある。

「ねえ、まずはシャンパンで乾杯して、その後日本酒行こうよ」

「お前、おばちゃんの奢《おご》りだと、やたらアクセル吹かすな」

「だって～、自分のお金じゃ飲めないもん」

正直すぎる答に、二三と一子は笑いをかみ殺した。

「ねえねえ、お祖母ちゃん、このドゥラモットっていうの、頼んで良い？」

「良いわよ。お祖母ちゃん、シャンパンの名前はドンペリしか知らないから、それ、飲んでみたいわ」

四人はフルートグラスに注《つ》がれたシャンパンで乾杯し、期待に胸を高鳴らせた。

やがてガラスの皿に盛り付けられた先付けが運ばれてきた。

「生湯葉と季節野菜の冷製ジュレ掛けでございます」

器の中は生湯葉、菜の花、ゆり根、そして皮を剝《む》いたプチトマトの煮物が盛り付けられ、ゼリー状の煮汁がちりばめられていた。そして生湯葉の上にこんもりと盛られているのは生ウニだった。

「贅沢《ぜいたく》ねえ……」

添えられた塗り物の匙《さじ》でジュレとウニと生湯葉を口に運び、二三は溜息を吐きそうになった。ほどよい塩加減で、しっとりと舌に馴染む。

みんな箸ならぬ匙が止まらなくなり、しばし会話が途絶えた。万里はひと匙口に運んでは、その度に確認するようにじっと料理を見つめている。

二品目は椀物が運ばれてきた。蓋《ふた》を取ると、上品な鰹節《かつおぶし》の香りがフワリと立ち上った。

「ズワイガニの真薯《しんじょ》でございます」

真薯は所々に薄紅色の点在する白いドームで、飾りに載せた山椒《さんしょう》の葉の緑が鮮やかだった。

「……」

澄んだ汁を一口啜《すす》って、二三は言葉を失った。

大東《だいとう》デパートの婦人服バイヤー時代は、高級料亭で接待した経験も少なくない。何しろ当時はバブルだった。しかし、その時の味の記憶を呼び覚ましても、この店の吸い物は少しも劣らない。それどころか、雑味のない澄み切った味は、勝《まさ》っていると思われた。

お椀から目を上げると、向かいに座った万里もまた、感に堪えたような顔でお椀を見下真薯は、すり身にした魚介と山芋、卵白を混ぜ合わせ、蒸したり揚げたりした料理だ。居酒屋でも出てくるメニューだが、この店の真薯は次元が違った。吟味した材料を使って腕の良い料理人が作るのだから、当然かも知れないが。

「ねえ、次、お刺身でてくるよ。日本酒頼もう」

要が空になったシャンパンの瓶を指さした。

「すみません、お酒のメニュー、お願いします」

「はい、ただいま」

しかし、日本酒の頁を広げると、四人は迷路に入り込んだ。銘柄は二十近く載っているが、料理に合せたベストな選択が分らない。

「こんな時、康ちゃんがいてくれたらねえ」

「お姑さん、こういう時はプロに聞くのが一番よ」

二三はすぐさま無駄な考えを捨てた。

「女将さん、日本酒頼みたいんですけど、何が良いですか？」

「そうですねえ。〆張鶴《しめはりつる》、天青《てんせい》、白露垂珠《はくろすいしゅ》、貴《たか》、澤屋《さわや》まつもと。すべて口当たりが良くてお料理との相性もよろしいですが……今日は十四代《じゅうよんだい》の中取り大吟醸が入りましたので、そちらがお勧めです」

「じゃあ、そちらを二合下さい。グラス四つで」

注文が決まると、女将さんが平たい籠《かご》を持ってきた。中には陶磁器、ガラス製、錫《すず》らしき金属など、様々な素材と形の盃《さかずき》が入っていた。

「私、これにしよ！」

要は一番大ぶりの陶器の盃を選んだ。

「お前、性格出てるな」

「ふふん。早いもん勝ち」

みんな好みの盃を選び、酒の徳利《とっくり》がやって来たところで、お造りが登場した。つけ汁を入れた小皿は一人に二つ配られて、丸い方が醬油、四角い方がポン酢だという。

刺身は益子焼《ましこやき》らしき、厚手の中皿に盛り付けてあった。ツマは大根ではなく、茗荷《みょうが》の千切りだった。

「本日のお造りは手前から時計回りに、牡丹《ぼたん》海老、ヤリイカ、ホウボウでございます。海老は醬油がお勧めです。イカとホウボウはお好きな方でお召し上がり下さい」

お造りの説明は主人が自ら行った。そして万里にはホウボウの代わりにホタテ貝柱が提供された。

「あ〜、日本酒って、お刺身のために生まれたって感じする」

ヤリイカをポン酢で食べてから、日本酒のグラスを傾けた要が、しみじみと言った。

「康平さんもよく言ってる。フランス人が生牡蠣《なまがき》で白ワイン飲むのは、日本酒を知らないからだって」

万里は海老の頭の味噌を吸い、日本酒を飲み干した。

そして、一同が刺身を食べ終える頃には日本酒の徳利も空になっていた。

「女将さん、次のお酒、何が良いですか？」

すかさず要が声を上げた。

「先ほどは辛口を召し上がっていただきましたので、今度は旨口《うまくち》は如何でしょうか。今日は鯉川《こいかわ》と福乃友《ふくのとも》というお酒が入っております」

二三はいつか野田梓が「藤沢周平《ふじさわしゅうへい》は若い頃、鯉川の蔵元にお世話になったので、贈答用のお酒は鯉川しか使わなかったんですって」と言ったのを思い出し、迷わず鯉川を二合注文した。

女将さんが再び籠に入れた盃を運んできて、四人は思い思いに気に入った盃を選んだ。

次に登場した料理に、みんな息を呑んだ。

「焼物はスッポンでございます」

自分でスッポンコースを頼んでおきながら、二三は目を疑った。これまでスッポンは鍋《なべ》しか見たことがない。焼いた料理があったとは、まるで知らなかった。

「私、焼きスッポンって、初めて」

「俺も」

「あたしも初めて見たわ」

口々に呟いて、一斉に箸を伸ばした。

スッポンの身はほんのり甘味を感じる味付けが施され、絶妙の火加減で焼かれた身は、柔らかいのに弾力があった。噛むと口の中に旨味が広がってゆき……鍋にした肉の何倍も旨味が濃い。

「……すごい、美味《うめ》い」

万里がほとんど呻くような声を漏らした。

「昔、鍋は食べたことがあるけど、まるで別物だねえ」

一子は箸で押さえたスッポンの身から指を使って骨を外し、口に入れた。二三も要も万里も一子に倣《なら》い、親からもらった五本箸を駆使してスッポンを食べ尽くした。

これが親しい仲で外食する醍醐味《だいごみ》だ。接待でこんな行儀の悪いことは出来ないが、身内同然の仲間なら気を遣う必要は無い。それぞれ気楽なスタイルで料理を楽しめば良いのだ。

「……余は満足じゃ」

スッポンを食べ終えた一同は、汚れた指をおしぼりで拭いた。すぐに女将さんが新しいおしぼりを持ってきた。

「こちらは箸休めになります」

次に出てきた料理は新玉ネギとワカメの酢の物だった。ワカメもちょうど今が旬《しゅん》で、新玉ネギとの組み合わせは意外だが、食べてみるととても相性が良く、海の幸と山の幸のコラボは大正解だ。酢の味が柔らかで、ほどよい酸味は感じるが「酸っぱい」とは違う。二三は残らず飲み干してしまった。他の三人も同様だった。

女将さんは空になった器を下げ、次の料理を運んできた。

「炊き合わせは、スッポンの小鍋仕立てでございます」

小丼《こどんぶり》くらいの大きさの片口には、ほんの少しスッポンの脂が浮いたスープが満ち、中からスッポンの切身となかめに切った長ネギが顔を覗かせていた。

「ああ、コラーゲン」

ゼラチン質の身を口に滑り込ませ、要が嬉しそうに呟いた。

スッポンの旨味の溶けたスープは、椀ものの汁とは違っているが、雑味のない澄み切った味は共通だった。塩味は控えめだが、物足りない感じはしない。しっかりと素材の旨味を引き出していた。

「……日本料理って、引き算の美学なんだな」

ポツンと呟いた万里の言葉が、二三の胸に響いた。

そうだ、その通りだと思った。今やっと気がついた。多分中華料理やフランス料理は、足し算や掛け算で作る料理だ。しかし日本料理……というより伝統的な京懐石というのは、引き算で作る。そこに独自性が生まれた。

「次はお食事になります。スッポンの炊き込みご飯をご用意しました」

吸い物の椀と香の物の皿を四人の前に並べると、女将さんは台に載せた羽釜《はがま》をテーブルの脇《わき》に運んできた。蓋を取ると「スッポンの炊き込みご飯」が姿を現わした。

「雑炊《ぞうすい》は食べたことあるけど、炊き込みご飯って初めて」

「あたしも、スッポンは雑炊だとばかり思ってた。炊き込みご飯も出来るのねえ」

「ボンゴレビアンコは当たり前に食べてるのに、シジミのパスタは全然思いつかなかったみたいなもんかな」

「万里、それはちょっと違うような……ま、いっか」

炊き込みご飯は、予想に違《たが》わず美味しかった。焼きスッポンも小鍋仕立ても美味しかったのだから、当然だろう。

女将さんが愛想良く言った。

「たっぷりございますので、どうぞお代わりして下さい」

しかし、四人ともかなり満腹だった。二三が予約の電話をしたとき「八千円のコースでも、内容も量もご満足いただけると思います」と言った主人の言葉に嘘《うそ》はなかったようだ。

「あのう、余ったご飯、お土産《みやげ》に出来ますか？」

「はい。おいくつお包みしましょう？」

二三は素早く一子と目を見交わし、万里を指した。

「全部こちらのお土産にして下さい」

万里は恐縮して胸の前で片手を振った。

「おばちゃん、悪いよ。すっかりご馳走になったのに」

「お父さんとお母さんに持っていってあげなさいな」

一子がやんわりと言った。

「あたしたちはこんな良い思いしたから、お裾分けね」

「おばちゃん、ありあとっす」

万里はぺこりと頭を下げた。

デザートのわらび餅《もち》を食べ、食後のお茶をゆっくり飲んで、四人は「八雲」を後にした。

主人夫婦は表に出て、長いこと見送ってくれた。

「料理って、すごいなあ。高尾山が山だと思ってたら、富士山があったみたいな……」

万里が溜息交じりに呟いた。

「亡くなった亭主がよく言ってた。料理に正解はないって」

一子はポンと万里の背中を叩いた。

「万里君は自分に合ったコースを歩いて行けば良いのよ。その先にあるゴールは、万里君だけのものなんだから」

「……だよね」

万里は小さく頷いたが、心なしか表情に翳《かげ》りが見えた。いつものおちゃらけた軽い万里とは違っていた。

# 第五話

# 旅立ちの水餃子

四月に入ると気温は上がり、春たけなわとなる。入学式の頃《ころ》には桜の花は散り始め、枝に残る花より根本に落ちた花びらの方が多くなる。強く風が吹くと、枝からこぼれ落ちる花びらが雪のように宙を舞い、文字通り花吹雪《はなふぶき》となる。

東京は桜が多いなあ。

佃小橋《つくだこばし》の上で立ち止まり、温かな風に頰《ほお》をなぶられながら、二三《ふみ》は遠くに見える桜の木に目を遣《や》った。

東京は桜の名所が沢山ある。ここ佃の街も花見スポットは少なくない。隅田《すみだ》川沿《がわ》いの遊歩道には立派な桜並木が、佃公園や住吉《すみよし》神社には桜の大木が、そして名もない小さな通りにも、何本も桜の木が植わっている。

その昔、八代将軍吉宗《よしむね》が庶民にも花見の場を提供しようと、いくつかの土地に桜を植樹したのだと聞いたことがある。吉宗は「暴れん坊」ではなく、心遣いのある将軍さまだったようだ。

二三は再び歩き始め、住吉神社の境内《けいだい》に入った。

信心深い質《たち》ではないのに、今日はふと思い立って神様を拝みにきた。神様に頼みごとをするつもりはないのだが……。

賽銭箱《さいせんばこ》に小銭を投じ、鈴緒を引いて鈴を鳴らしてから、一歩下がって背筋を伸ばすと、型通りに二回お辞儀をしてから二度柏手《かしわで》を打ち、最後にもう一度お辞儀をして頭を上げた。

お寺にお参りするときのように、じっと手を合せて拝む時間がないので、これでは頼み事もしにくいと思う。

苦しいときの神頼みって言うけど、ちょっと違うかも。

二三は苦笑を漏らし、もう一度拝殿に礼をしてから踵《きびす》を返した。


最近、二三の心には薄くもやがかかっている。もやの原因は万里《ばんり》だった。

先月、「八雲《やくも》」で日本料理の神髄を味わってから、明らかに心境の変化があったようだ。今の状態を打ち破り、前に進もうとしているのを感じる。

二三と一子《いちこ》は、キチンと話し合ったわけではないが、互いに万里の気持ちを尊重しようと決めていた。腰の据わらないニート青年だった万里が、料理の道でより高みを目指そうと決意したなら、それはまことにめでたい。出来る限り応援したいと思う。

だが、これまで三人でやってきた時間を手放すのは、やはり寂しい。未練だろう。吹っ切らなければいけないとは百も承知だが、心というのは厄介だ。頭で考えたようには動いてくれない。

二三はもう一度足を止め、境内を振り返った。拝殿の脇《わき》の桜の花は、半分以上散っていた。

春は別れの季節なのだと、二三はしみじみと実感した。

「野菜炒《いた》め！」

「チキン南蛮《なんばん》！」

「ボンゴレ、定食セットで！」

テーブルのお客さんから次々に注文の声が飛ぶ。

「はい！　日替わりで野菜一、チキン一、定食セットでボンゴレ一ね！」

二三も負けずに声を張り、厨房《ちゅうぼう》に通した。

今日のはじめ食堂のランチは、日替わりが野菜炒めとチキン南蛮、焼き魚がホッケ、煮魚が赤魚。ワンコインはボンゴレビアンコ。小鉢は筍《たけのこ》と油揚の煮物、もずく酢の二品。味《み》噌汁《そしる》は絹さやと豆腐。漬物は一子手製の春キャベツの糠漬《ぬかづ》け。これにドレッシング三種類かけ放題のサラダが付いて、ご飯味噌汁お代わり自由で七百円。手作りを心掛け、季節感も大切にしながらこの値段は、かなり優秀だと、二三は自慢に思っている。

「キャベツって糠漬けになるの？」

新顔の若いＯＬが不思議そうに訊《き》いた。

「もちろん。野菜は全部糠漬けに出来るんですよ」

二三は気軽に答える。そして心の中でそっと、小松菜や京菜など、葉物の糠漬けが美味《おい》しいんだから、キャベツが美味しくないはずがないでしょ、と付け加えた。

「筍、出てきたんだ」

小鉢の筍をつまんで、ご常連のサラリーマンが言った。

「おばちゃん、今度、筍ご飯やってよ」

「はい。金曜日に出す予定です」

お客さんたちの目が一斉に輝く。金曜日は絶対に来ようと、その目が語っていた。

「ねえ、若竹汁もやって。私、あれ、大好き」

「はい。明日用意します」

リクエストされると、嬉《うれ》しくなる。お客さんも旬《しゅん》の味を知り、期待しているのだ。

それもこれも、うちで旬の味に親しんだからよね。

近年、ほとんどの食材は一年中売っているから、季節感を感じにくくなっている。それでも旬の食材を取り入れたメニューを食べてゆくうちに、自然と季節の味を覚え、春夏秋冬の変化を楽しめるようになる。

「ねえ、これ、もずく？」

もずく酢をひと箸《はし》すすった件《くだん》のＯＬが再び訊いた。

「そうよ。何だと思った？」

「美味しいね！　売ってるのと全然違う」

「生だから」

パック入りのもずく酢は一年中売っているが、生のもずくは春が旬だ。もちろん、パック入りとは食感が違う。酢の物の他に、味噌汁やスープにしても美味しい。そしてはじめ食堂では、酢の物は出汁《だし》を効かせて酢を控えめにしているので、ツンとくる酸っぱさがない。おろし生姜《しょうが》をトッピングしてあるので、香りも良い。

「もずくに目覚めた？」

「うん。今までバカにしてて悪かった。もずくに謝りたい」

ＯＬは小鉢を手にしたまま、ちょこんと頭を下げた。

「この筍も、いつもの八百屋さんが持ってきたの？」

筍の煮物を口にした野田梓《のだあずさ》が尋ねた。

「うん。育ちすぎたからって安くしてくれたんだけど、朝採れだから風味は抜群」

米のとぎ汁でじっくり茹《ゆ》でたので、充分に柔らかくなっている。新鮮な生の筍の香りと仄《ほの》かな甘さは、市販の水煮パックとはまったくの別物だ。

「美味しい……。あたし、お宅でお昼食べるようになって、初めて筍の美味しさに気がついた気がする。パックのと全然違うもんね」

「手間暇かかるんでしょうが、やっぱり旬のものは違う。昔、掘りたての筍を刺身でご馳《ち》走《そう》になったことがあるけど、感動したなあ」

三原茂之《みはらしげゆき》も嬉しそうに筍を箸でつまんだ。

時刻は一時三十分。お客さんの波はすっかり引いて、食堂はご常連の二人だけになった。

梓は煮魚定食、三原は野菜炒めの注文だが、二人とも小皿に盛ったボンゴレビアンコの〝ご試食〟に与《あずか》っている。

「パスタもすっかり定着したわねえ。あたしたちが子供の頃は、スパゲッティと言えばナポリタンとミートソースしかなかったんだから、隔世の感だわ」

アサリの身を殻から外しながら、梓が言った。

「アルデンテって単語を知ったのは、いつ頃だったかしら」

二三も遠くを見る目になった。

「一九七〇年代に『壁の穴』が全国展開したのが、パスタが定着する転機だったように思いますね」

『壁の穴』は〝納豆スパゲティ〟〝たらこスパゲティ〟など、和風パスタ発祥の店と言われている。開業は一九五三年だが、全国に支店を出すようになったのは一九七〇年代だった。

「ソニービルにテナントがあったわねえ」

「あった、あった。初めてタラコスパゲッティを食べた店よ。懐かしいわあ」

「地下にはマキシム・ド・パリがあったでしょ。オープンしたときは結構騒ぎになったわよね」

ソニービルのオープンは一九六六年。その当時、マキシム・ド・パリのような有名店が日本に支店を出すことは、それだけでニュースになった。

「そのマキシムも閉店して、ソニービルもなくなっちゃったし」

「あたしたちが歳《とし》取るわけよねえ」

二三と梓は申し合せたように小さく溜息《ためいき》を吐《つ》いた。

万里は「またやってるよ」という顔で一子に目配せした。一子は優しい目で、小さく頷《うなず》いた。

「野田ちゃん、ビルの跡は今、どうなってるの?」

「公園。ソニーパークとかいうのよ。新しいビルが建つまで公園にしとくんですって。流行病《はやりやまい》で工事が遅れたけど、今年は工事が始まるんじゃないかしら」

「銀座も変ったわよねえ。外国ブランドの店がいっぱい進出して」

「中央通りに観光バスが横付けして、中国人観光客がドッと降りてきたっけ。道を歩いていても聞こえてくるのは中国語……ま、それも昔話になるかも知れないけど」

三原も憂鬱《ゆううつ》そうに眉をひそめた。

「まったくひどいことになったもんです。最初の緊急事態宣言が出たあと、ホテルに行ったら、街がゴーストタウンのようでゾッとしましたよ。中央通り沿いの店は全部シャッターを下ろしていて、人も車もほとんど通らない」

「しかもあの時の感染者なんて、その後の波に比べたら、微々たるものだったのよね。今更だけど、思い返すと頭にくるわ」

三原は帝都《ていと》ホテルの特別顧問で、梓は高級クラブのチーママをしている。流行病で一番損害を被った職種だった。

「でも、帝都さんのホテルリビングプラン、大人気じゃないですか」

梓は気を取り直したように明るい声で言った。

「お客さんたちの間でも評判でしたよ。予約したら全部売り切れで、三ヶ月待ちだったって」

「まあ、火事場のなんとやらで、危機に瀕《ひん》すると知恵が出るんですね。お陰でなんとか……」

帝都ホテルは他のホテルに先駆けて、格安長期滞在プランを売り出した。三十日宿泊で三十二万円。その間、普通の宿泊と同様のサービスが付き、駐車場・フィットネスクラブ・プール・スパなどの施設が無料で使用できるという内容だった。〝ホテルで暮らす〟という贅沢《ぜいたく》さと利便性に人気が集まり、予定した客室は即日完売した。

「良いわねえ。帝都ホテルで暮らすなんて、夢みたい」

「あたしも一度そんな贅沢をしてみたいけど、そしたらきっと、働くのがイヤになっちゃうね」

二三と一子が口々に言うと、三原はポンと胸を叩《たた》いた。

「一度体験なさりたくなったら、声をかけて下さい。一週間のプランもありますし、ツインの部屋も用意できますよ」

二三と一子がパッと顔を輝かせると、万里があわてて手を振った。

「三原さん、おばちゃんたち、その気になってるっすよ」

「あら、万里君、一週間なら手が届く夢だと思わない？」

「思わない、思わない。帝都からここへ出勤して、店閉めて帝都へ帰るの？　そんなこと、出来ないって」

「休みなら問題ないじゃない。夏休みとか、年末年始とか。ね、お姑《かあ》さん？」

二三はすっかりその気になってしまった。一子にも一度くらいそんな贅沢をさせてやりたいし、自分もやってみたい。日常の雑事から解放されて、ルームサービスで朝食を食べ、ホテルのラウンジでゆっくりお茶を飲み、プールで泳いだりスパを楽しんだりして日を過ごし、夜空を眺めながらディナーを……。

「だめだ、こりゃ。目に星浮かべてる」

万里は呆《あき》れ顔で両手に腰を当て、頭を振った。

一子はそんな万里を目の端で見て、思い出したように口を開いた。

「ねえ、三原さん、この前万里君を連れて割烹《かっぽう》料理屋さんに行ったんですよ」

「ほう」

「とても美味しいお店でした。そうしたら万里君が言ったんです。日本料理は引き算の美学だって」

三原は少し驚いたように眉《まゆ》を上げた。

「言われてみればその通りで、感心してしまいましたよ」

三原はその言葉を反芻《はんすう》するかのように、ほんの二、三秒沈黙し、テーブルに目を落とした。

「言い得て妙ですね。今更ながら、私も気がつきましたよ」

そしてゆっくり目を上げると、万里を見た。

「万里君は、一度本格的に料理の勉強をした方が良いかもしれないね。そこまでの感覚があるのに、磨かないのはもったいない」

一子は我が意を得たように、しっかりと頷いた。

「三原さんもそう思われるんですね。あたしもふみちゃんも、同じ意見なんですよ」

一子は二三を見て、励ますようにチラリと微笑《ほほえ》んだ。すでに決意を固めた眼差《まなざ》しに見つめられると、二三は胸に巣くっていたモヤモヤが消えてゆくのを感じた。

「本当は、もっと前に分ってたんです。万里君はうちで終わるような人じゃないって。ただ、いつのまにかすっかり頼りきってて……。万里君の好意に甘えてたんですね」

当の万里は明らかに戸惑い、狼狽《うろた》えていた。「八雲」の料理を食べてから、料理に対する気持ちが変ってきたのは確かだった。だが、それならどんな行動を起こすべきか、具体的なことはまだ考えていなかったのだ。

「……おばちゃん」

「あたしたちのことは心配しなくて大丈夫。万里君がやりたいようにすれば良いのよ」

「でも、俺《おれ》、どうしたら……」

「よその店で働いてみるのが一番だと思うよ」

三原が迷いのない口調で明言した。

「一流と言われる料理人は、一般にいくつも店を渡り歩いて腕を磨いてきた。君もここぞと思う店を見付けて、そこで修業することだ」

三原の言葉で、万里にもこれからのイメージが浮かんできたようだった。

「なんか、演歌みたいっすね。包丁一本、晒《さらし》に巻いて……」

「旅へ出るのも板場の修業」

一子がさらりと後を引き取った。

「万里君は『待ってて、こいさん』みたいな人はいないの？」

梓が訊くと、二三と一子は同時に「まるで」と答えた。

「待ってよ、おばちゃん。俺だって……」

万里は片手の指を折って上を向いた。

「だめだ、数えきれない」


「こんにちは」

その日の午後営業の口開けは、辰浪康平《たつなみこうへい》と菊川瑠美《きくかわるみ》のカップルだった。

「取り敢《あ》えず小生《しょうなま》ね」

「私も」

並んでカウンターに腰掛け、おしぼりを受け取った。今日のお通しは長芋の刺身。拍子《ひょうし》木《ぎ》に切ってワサビ醤油《じょうゆ》で食べる。

「長芋も走りよね」

「万里、今日のお勧めは？」

「うすいえんどうが入ってる。卵とじもあるけど、シンプルに焼きえんどうもお勧め。地元の人は良く食べるんだって」

「じゃあ、焼きで。あとは？」

「やっぱ、走りのアスパラ。ベーコン炒めか、チーズ焼きの卵載せ。もずく酢。ホタルイカと春キャベツのガーリック炒め。青柳《あおやぎ》とワケギとワカメのぬた。あしたばとフキノトウの天ぷら。あとは定番メニューね。シメで筍ご飯があるよ」

康平と瑠美は素早く顔を見合せた。二人の意見はその瞬間に一致している。

「全部旬よね。みんなもらいましょう」

「アスパラ、どうする？」

「私はチーズ焼きの卵載せ」

「よし、決まった。万里、そういうことで」

「へい、毎度」

二三は二人の前に生ビールのジョッキを置いた。

「そう言えば、新小岩《しんこいわ》のお化け居酒屋はどうなったの？」

「だめ」

康平がビールを一口呑《の》んでから答えた。

「二回行ったんだけど、どっちも空振り。店そのものが見つからなかった」

「それは残念でした」

「でも、近くに八丈島《はちじょうじま》の郷土料理の店があって、二人で珍しいものいただいたから、行った甲斐《かい》はあったわ」

瑠美が楽しそうに言うと、康平も頷いた。

「島寿司《しまずし》とかくさやとかね。あ、あしたばの天ぷらもあった」

「くさやねえ。私、臭《にお》いで挫折《ざせつ》したわ」

「味は美味《うま》いよ。ドリアンと同じで、はまると病みつきになるよね」

二三はくさやの臭いを思い出して思わず顔をしかめそうになったが、かろうじてブレーキをかけた。

「こんばんは」

新しいお客さんが入ってきた。二人連れで、山手政夫《やまてまさお》と、後ろにいるのは……。

「中条《なかじょう》先生、いらっしゃいませ！」

「御無沙汰《ごぶさた》してます」

中条恒巳《つねみ》は軽く頭を下げた。山手の通う社交ダンス教室の経営者で、メイの祖父だった。

「先生、どうぞこちらに」

山手が二人掛けのテーブルを指し示した。久しぶりなので、落ち着いて話がしたいのだろう。

「お飲み物は？」

「俺は小生。先生は？」

「じゃあ、私も同じものを」

「ふみちゃん、料理は万里に言って、適当に見繕ってもらってくれ」

「はい。お任せ下さい」

二三がカウンターに去ると、中条は懐かしそうに店内を見回した。

「最後に来てから、もう何年も経《た》ったような気がしますよ」

「気がつきませんで。もっと早くにお誘いするんでした」

「いや、いや。私もコロナ騒ぎですっかり出不精になってしまって」

万里はカウンター越しに山手と中条を見て、二三に小声で訊いた。

「おじさんたち、アスパラ卵じゃなくて、白魚の卵とじにしようか？」

「そうね。柔らかくて食べやすいし」

中条は現役ダンス教師だから、姿勢が良くて若々しく見えるが、実年齢は山手とあまり変らないはずだ。歯が弱くなっているかも知れない。

「へい、おまち」

万里がカウンターに焼きえんどうの皿を置いた。

莢《さや》の外側を開いてグリルで四〜五分炙《あぶ》り、仕上げにさっと塩を振っただけだが、豆の緑が鮮やかで、嚙《か》むとむっちりした食感が心地良い。

「美味しいわ。シンプルイズベストのお手本みたい」

「先生に褒められると、鼻高々っすよ」

答えながらも手を休めず、青柳とワケギとワカメを辛子《からし》酢味噌で和《あ》えている。

隣では一子がもずくを器に盛り、出汁を掛けておろし生姜を添えた。

二三が山手たちのテーブルに焼きえんどうともずく酢を運んでいくと、ジョッキを半分ほどからにした中条が、遠慮がちに尋ねた。

「奥さん、孫はこちらによく来てますか？」

「はい。毎週月曜日はお友達と三人で、ランチを食べに来てくれます」

「そうですか」

中条を安心させたくて、二三は言葉を続けた。

「舞台の方は今年いっぱいで引退して、念願だったお味噌汁の店を開くんだって、張り切ってますよ」

「ええ。私にもそう言いました」

中条はいくらか気弱な目つきで二三を見上げた。

「大丈夫ですかね？　心配させたくないんでしょう、私には何も言ってくれないので」

「計画通りに運んでるんだと思いますよ。実際にお店の候補を見て回ってるそうですから。

ただ、飲食店で働いた経験がないので、店を開く前にちょっと勉強したいとか……」

中条は小さく溜息を漏らした。

「私は孫に辛《つら》い思いをさせてきました。あれが男に生まれながら女の気持ちでいるのを、悪い病気か何かのように思ってきたんです。治療すれば治るんじゃないかとか……」

五年前にはじめ食堂でメイと再会し、二三たちに諌《いさ》められ、少しずつ心の距離が縮まった。そして自分でも本を読んで性同一性障害について勉強するうちに、やっと分った。

「血液型みたいなものなのだと。生まれながらに決まっていて、本人には選べないし、途中で変えようもない。そんなどうにもならないことで苦しんでいたあの子が不憫《ふびん》です。まして、たった一人の肉親である私が、その苦しみを理解しようとしなかったことで、どれほど寂しく、哀《かな》しかったことか」

中条の目は潤み、声もわずかに震えていた。

「でも、今の先生は、ちゃんとメイちゃんの気持ちを理解して、寄り添っていらっしゃるじゃありませんか。メイちゃんにも先生の気持ちは伝わっています。きっと、すごく心強く思っているはずですよ」

「ありがとうございます。そう言っていただけると、気持ちが楽になります」

中条は小さく頭を下げた。

「私は老後の資金を、すべて孫に譲るつもりです。開店資金が足りないなら、使って欲しいんです。孫に会ったら、奥さんからも伝えていただけませんか？」

そして、哀しそうに微笑んだ。

「何度もそう言ったんですが、あれは心配ないと言うばかりで」

「先生、必ず伝えます。安心して下さい。メイちゃんは先生のことが大好きなんですよ」

中条を少しでも力づけたくて、二三は声を励ました。

一方、康平と瑠美の前にはホタルイカと春キャベツのガーリック炒めの皿が置かれた。

「ホタルイカとキャベツなんて、意外な取り合せだな」

「キャベツのペペロンチーノとホタルイカのアヒージョが合体した料理かしら」

「そんなとこっすね。どっちもガーリック炒めと相性が良いから」

「ああ、私、ガーリック炒めだと俄然《がぜん》、泡が呑みたいわ」

二人はぬたともずく酢に合せて、清涼感のあるいづみ橋《ばし》を呑んでいたのだが、康平が素早く片手を上げて合図した。

「おばちゃん、イエット二つ、グラスでね」

「は〜い」

万里は天ぷらの準備をしながら、チラリとテーブル席を見て、一子に耳打ちした。

「先生たち、やっぱ、柔らかい物の方が良いみたい」

「何か特別に用意する？」

「うん。いけると思う」

万里は春キャベツの葉を三枚ちぎると、勢いよくみじん切りにしてボウルに入れ、ほんの少し塩を振った。かき混ぜて水が出ると絞り、豚ひき肉とおろし生姜、塩・胡椒《こしょう》を少し入れて混ぜ合せた。

次に冷蔵庫から餃子《ギョーザ》の皮を取りだしたので、一子にもピンときた。

「水餃子？」

「当たり。おばちゃん、タレ作ってよ」

「はいはい」

一子はゆずポンにラー油とほんの少しの砂糖を入れて混ぜ合せた。醬油・酢・ラー油が餃子のタレの基本だが、水餃子の時はゆずポンを使うと香りが良く、味もマイルドになる。

カウンターから首を伸ばしてその様子を眺めていた康平が、瑠美とアイコンタクトを交した。

「万里、こっちにも同じもの」

「へい、毎度」

万里はニヤリと笑みを漏らした。お客が自分の作る料理を見ていてつい食べたくなって注文する……これこそ料理人冥利《みょうり》に尽きるというものだ。

「先生、おじさん、万里君の特別メニューをどうぞ」

出来立ての水餃子を茹で汁ごと小鍋《こなべ》立ての鍋に移し、タレの小皿を添えて出すと、中条も山手も顔をほころばせた。

「これは美味しそうだ」

「この店で餃子は初めてだ。それも水餃子たあ、珍しい」

シンプルな具材だから、キャベツの甘味と肉の旨味《うまみ》、そしてほんのり香る生姜が一体となって溶け合っている。茹で上げた餃子の皮はツルリとした食感で、抵抗なく喉《のど》を通り抜ける。ゆずポンとラー油も相性抜群だ。

「私、焼き餃子より水餃子の方が好きになりそうだわ」

「パリパリより、ツルツル……」

瑠美も康平も、フウフウと息を吹きかけながら、水餃子を口の中に滑り込ませた。

「ねえ、万里君、今度スープ餃子もやってみたら？　シメにも良い感じだと思うわ」

「そうっすね。でも、雲呑《ワンタン》と重なんないすか？」

「確かに似てるけど、誰《だれ》も気にしないわよ。ね？」

瑠美が同意を求めるように康平を見ると、康平も片手でＯＫサインを出してから言った。

「雲呑の方が皮が薄いんでしょ？」

「あと、餃子の皮は丸、雲呑は四角。餃子の方が具材の量が多い。でも、元はおんなじ料理みたいよ」

「そうなの？」

「中国の北の方で餃子になって、南の方で雲呑になったんですって」

「へええ」

康平も万里も同時に声を上げた。

「うどんとすいとんの違いみたいなもんですか？」

一子は戦争中「代用食」と呼ばれた、不味《まず》くて粗末なすいとんしか食べたことがない。

「だから見るのもイヤなんですよ。贅沢な具材を使って作れば、美味しいんでしょうけど」

「そうですねえ。うどんは小麦粉をこねてタンパク質をグルテンに変えてるから、すいとんとはちょっと違うんですけど」

「九州で食べた団子汁は、うどんみたいなもんだったな」

康平も記憶をたぐり寄せた。

「群馬で食べたおっきりこみも、幅広うどんだった」

「日本は郷土料理も豊かなのよね。イタリアンとかエスニックとか、外国料理に目を向けがちだけど、まだまだ研究の余地ありだわ」

瑠美の言葉は万里の胸にも響いたらしく、緩んでいた表情が引き締まった。

「料理って、深いっすよね」

週明けの月曜日はカレーの日だった。カレーは人気メニューなので、日替わりランチとワンコインはカレーで統一する。

本日のカレーは、箸で千切れるほど柔らかく煮込んだ牛スジがメインで、他の具材は玉ネギのみ。彩りにソテーしたブロッコリーを添えた。

牛スジは煮込むとゼラチン質が溶け出して、とろけるような食感になる。しかもロース肉に比べると低カロリーで、脂質も少ない。そしてゼラチン質にはコラーゲンがたっぷり含まれているため、美容と健康にうってつけの食材なのだ。

焼き魚は赤魚の粕漬《かすづ》け、煮魚はブリ大根。小鉢は卵豆腐と白菜のお浸し。味噌汁はキャベツ。漬物は一子手製のカブの糠漬け、もちろん葉付きで。

「柔らか〜」

「何だか、普通の肉よりスジ肉の方が美味しいかも」

「このトロトロ、コラーゲンよね」

「ラッキー！」

にぎやかなのは四人で来店したご常連のワカイのＯＬだ。はじめ食堂でランチを食べるうちに、料理に関する耳学問も増えてきた。最近は「これって初物？」などと指摘することもあり、二三を喜ばせている。最初の頃は食材に旬があることさえ、まるで意識していなかったのだ。

「ねえ、おばちゃん、カッペリーニの冷製パスタは、いつから始めるの？」

通りかかった二三に、ＯＬの一人が尋ねた。

「そうですねえ。もうちょっと夏めいてきたら」

「五月の終わりくらい？」

「ええ、だいたいそんなとこです」

カッペリーニは極細のパスタで、夏になると万里はそれを使って冷製パスタを作った。トマト、生ハム、スモークサーモン、明太子《めんたいこ》、チーズなどの食材とバジル、大葉、茗荷《みょうが》などのハーブ類、醤油、コチュジャン、豆板醤《トウバンジャン》、ＸＯ醤その他の調味料を組み合せて、イタリアン・和風・中華風・エスニックと、様々なパスタを創作した。

万里がいなくなったら、もうあんな多彩な冷製パスタを店で出すことは出来ないだろう。

「カレー三つね！　セットで！」

お客さんから注文の声が飛び、二三はあわてて感傷を振り捨てた。

「またしても二大スター競演ね。困っちゃうわ」

一時十五分過ぎ、店に入ってきた野田梓は、ランチメニューを指さして口を尖《とが》らせた。

「カレーとブリ大根？」

「ノー、ノー。赤魚とブリ大根。どっちも好きなのよ」

梓はたいてい魚の定食を選ぶ。

「分ってるって、野田ちゃん。ハーフ&ハーフにしてあげる」

「サンキューふみちゃん」

笑顔になって、いつものように手提げ袋から文庫本を取りだした。昔から読書家で、週に何冊も読むらしい。

「前はちゃんと本屋さんで新刊買ってたけど、この頃はインターネット古書店に頼るようになっちゃった。情けないわね」

そうぼやいたのは、一昨年の夏……初めての緊急事態宣言が解除されてしばらくした頃だった。

二三は「しょうがないわよ。新刊高いもの」と応じた。ハードカバーは二千円近くするし、文庫本も厚いものは千円を超える。梓のような読書家は、出費もバカにならないだろう。

「でも、昔の文庫本は、字が小さくて目が疲れるでしょう」

三原が梓に声をかけた。注文はもちろん牛スジカレーだ。

「そうなんですよ。だから画面で書影を見て、あんまり古いものは買わないようにしてるんです」

「今は大きな出版社はみんな文庫がありますが、私が若い頃は、文庫と言えば岩波と新潮が二大スターで……時代小説を沢山出してた文庫があったけど、名前が出てこない」

「春陽文庫ですか？」

「そうそう、それです」

「ミステリー作品も出してたんですよ。江戸川乱歩《えどがわらんぽ》、横溝正史《よこみぞせいし》、山田風太郎《やまだふうたろう》……」

梓と三原が「懐かしの文庫本談義」で盛り上がっているうちに、定食が出来上がった。

「僕のカレー二大スターは、カツカレーと牛スジカレーだな」

三原は嬉しそうにスプーンを手にした。梓も赤魚とブリ大根を前に、目を細めている。

食事を終えてほうじ茶をすすると、三原が万里の方へ顔を向けた。

「万里君、これからどうするか、もう決まった？」

「それが、まだ。取り敢えず、俺の後釜《あとがま》の見当くらい付けないと」

「それはどうにでもなるわよ。適当な人が見つからなかったら、昼と夜と、別の人を雇っても良いし」

二三はやんわりと言った。万里はこれから本式に料理の勉強をするのだから、他人のことを心配している余裕などないのだ。

「大丈夫よ。いざとなったら、またふみちゃんと二人で頑張るから」

一子も優しく励ました。

「どこか、お店の当てはある？」

三原も親身な口調で言った。

「なんなら、知合いの店を紹介しても良いよ。帝都で修業して独立した料理人だから、腕は確かだ」

万里は珍しく恐縮した顔で頭を下げた。

「ありがとうございます。心配していただいて、すみません」

そして顔を上げて、ためらいがちに口を開いた。

「あの……出来ればあの『八雲』って店で勉強したいんです。夫婦二人でやってる店だから、雇ってくれるかどうか分らないけど、頼んでみるつもりです」

三原は大きく頷いた。

「そうだね。まずはそこからだ」

二三は振り返って一子を見た。

知らなかった。万里君、そこまで考えてたんだ。

一子もそっと頷き返した。

そうね。これからあたしたちは、見守るだけ。

「こんにちは～」

時計の針が二時に近づいた頃、店を出た梓と三原と入れ替わるように入ってきたのは、月曜ランチのご常連となったメイ・モニカ・ジョリーンのニューハーフ三人組だった。

「今日は牛スジカレーでしょ。楽しみだわあ」

「インド人もびっくり〜」

「ブリ大根と赤魚って、どっちも豪華」

それぞれ軽口を叩きながら、テーブルを寄せ、料理をカウンターに置いて、たちまちバイキングスタイルを完成させた。手慣れたものだ。

「いっただっきま〜す！」

昭和レトロな古い店に万里も混ぜて若者四人が加わると、それだけで華やいだ空気に包まれる。二三も一子も、少し若返った気分になるひと時だった。

そして、今日のメイは特別輝いているように見えた。

「メイちゃん、今日、何だか嬉しそうね」

「わかりますう？」

メイは一子に向かってウインクした。

「雇ってくれるお店、見つかったんです」

「和食の店で、板前割烹って言うのかしら。ご主人と板前見習の人と二人でやってるみたい。うちの常連さんの行きつけのお店なんですって」

「常連さん、メイの大ファンでね。何でも力になるからって言ってくれたのよ」

ジョリーンとモニカが説明を付け足した。

「今日の夕方、お店に紹介してくれるんですって」

メイの表情は生き生きとして、期待に胸を膨らませている気持ちが手に取るように伝わってきた。

「私、本当に人に恵まれたわ。モニカとジョリーンと店の仲間、万里君とはじめ食堂の皆さん、それに、お客さんにも」

「それはメイちゃんが自分で引き寄せたのよ」

一子がきっぱりと言った。

「運も実力って言うでしょ。メイちゃんの人柄と行動が、周りの人間の心をつかんだからだと思うわ」

「一子さんにそう言っていただけると、すごい、自信になる」

メイは照れくさそうに、しかしとても嬉しそうに微笑んだ。

その夜、六時を少し過ぎた頃、メイが再びはじめ食堂に現われた。

「あら、いらっしゃ……」

二三は途中で言葉を呑み込んだ。

目つきが険しく、顔は青ざめて強張《こわば》り、昼間とは別人のようだ。今にも粉々に砕けてしまいそうだった。

先に来ていた康平と瑠美がカウンターから振り返り、心配そうにメイを見た。

「とにかく、かけて」

二三はメイの肩に手を回し、二人掛けのテーブルに座らせた。万里がグラスに冷たい水を入れて持ってきた。

「ありがとう」

メイはゆっくり水を飲んで、グラスを置いた。いくらか落ち着きを取り戻したようだが、まだ顔は強張っていた。

二三はメイが今日、和食店の面接に行く予定だったことを思い出した。もしかして、不採用を告げられたのだろうか？

「面接、ダメだったの？」

しかし、メイは俯《うつむ》いて首を振った。

「ごめんね。話したくなければ良いのよ。取り敢えずビールでも飲まない？」

メイは俯けていた顔を上げ、吐き捨てるように言った。

「行かなかったの。紹介してくれるって言った奴《やつ》の家を訪ねたら、いきなりベッドに押し倒そうとしたから、蹴《け》り入れて帰ってきた」

二三は思わずカウンターの一子を振り返った。

一子は痛ましげな眼差《まなざ》しをメイに注いでいる。

「三年も贔屓《ひいき》にしてくれたお客だし、信用してたのよ。それなのに」

メイは言葉を切って唇を噛んだ。

「今まで店に大金落としてやったんだから、言うこと聞けって言うのよ。私みたいな出来損ないを一人前に扱ってやるんだから、ありがたく思えって」

「……ひどい」

よくもそんなひどいことが言えると思い、怒りが湧《わ》き上がった。二三だけでなく、一子も万里も康平も瑠美も、目に怒りを浮かべていた。

「メイちゃん、蹴り入れてやって、上出来よ」

一子が凛《りん》とした声で言った。

「そんなこと言う奴は何言っても通じないわ。ガツンと一発、思い知らせてやらなきゃ」

「そうだよ、青木《あおき》。ボコボコにしてやれば良かったんだ」

メイはかつてFC東京のジュニアユースチームに所属していたサッカー少年で、スポーツ万能だった。今もダンスで鍛えている。本気になれば普通の男より喧嘩《けんか》も強い。

「私も一瞬そう思ったけど、訴えられたりすると面倒だから、勘弁してやったわ」

話したことでいくらか胸のつかえが下りたのか、口調にも少し明るさが戻ってきた。

「なあ、青木、はじめ食堂で働かないか？」

メイは驚いて目を見開いた。

「でも、ここは手が足りてるし」

「俺、今月いっぱいで辞めるんだ」

メイも瑠美も康平も、一斉に「え？」と声を上げた。

「聞いてないよ」

康平が情けなさそうな顔をした。

「言ってないもん」

万里はカウンターから出てきて、一同の顔を見回した。

「他の店で修業して、料理の勉強をすることにした。俺、もっと美味い料理を作れるようになりたい。そのためにはよその店で働かないとダメなんだ」

万里はメイの前に立った。

「俺の留守の間、はじめ食堂を頼みたい」

「……万里君」

「ここならみんな気心も知れてるし、お前がやりたい店と共通するものが沢山あると思う。絶対に良い経験になる」

二三と一子も目を見交わした。

「私とお姑さんも、一度メイちゃんのことを考えたの。前に一度店を手伝ってもらったこともあるし、メイちゃんなら適任じゃないかって」

二三が猫に引っかかれて感染症を起こしたとき、メイは助っ人で店を手伝ってくれた。

「ただ、メイちゃんには自分の心積もりもあるだろうから、言い出しにくくて。今日はお店も決まったって聞いたしね。でも、そういう事情なら、是非うちに来てもらいたいわ」

「うちは食堂兼居酒屋だから、メイちゃんのお店では要らない仕事もあるけど、何事も経験よ。知っといて損はないわ」

二三と一子もメイの前に立った。

「皆さん、ありがとうございます」

メイも椅子《いす》から立ち上がり、三人の前に出ると、深々と頭を下げた。

「私、一生懸命頑張ります。よろしくお願いします」

康平と瑠美は四人に拍手を送った。

「皆さん、頑張って下さい」

「メイちゃん、おめでとう。イェット、奢《おご》るよ」

「康平さん、瑠美先生、ありがとうございます。これからもよろしくお願いします」

メイは目を潤ませ、二人に向かって頭を下げた。

「お話は大変ありがたいことですが、うちは夫婦二人で何とかやっているので、とても人を雇う余裕はありません」

「八雲」の主人、八雲周作《しゅうさく》は困惑気味に断りを告げた。

日曜日の午後五時、開店前の店で妻の千佐子《ちさこ》と並んで座り、万里と向き合っていた。

「大事なお話があるので、少しお時間をいただきたい」と万里から電話があったのは火曜日のことだ。会うと開口一番「弟子にして下さい」と頼まれたのだ。

「給料のことなら、お志で結構です。無給でも構いません。僕は料理の勉強をさせてもらいたいんです。お願いします！」

万里は勢いよく頭を下げ、テーブルに額をぶつけそうになった。

周作と千佐子は困り切って互いの顔を見合った。

「そういうわけにはいきませんよ」

万里は顔を上げ、必死の面持ちで周作の顔を見つめた。

「僕は八雲さんの料理と出会って、料理の奥深さを知りました。美味しい料理は沢山あるけど、なんつーか、極みだと確信したんです。今まで高尾山《たかおさん》しか知らなかったのが、エベレストを知った感じです」

周作も千佐子も思わず苦笑を漏らした。

「だから、登ってみたいんです。何処《どこ》まで行けるか分からないけど、もう同じ場所で立ち止まっていることは出来ないんです」

万里は必死だった。周作に断られたら、目標がなくなるような気がしていた。

「僕は今、店では市販の出汁を使っています。値段と時間を考えると、その方が効率が良いからです。それを間違っているとは思いません。でも、自分で美味しい出汁を取る事が出来た上で、敢《あえ》て市販品を使うのと、自分でやっても市販品より美味しい出汁が取れないから市販品を使うのは、全然話が違います。最高の味を極めた上で、事情に合せて何を足すか、何を引くか、判断したいんです」

周作がわずかに眉を上げた。

「八雲さんで勉強させていただいて、その後で本格的な日本料理を目指すのか、それとももう一度食堂料理に戻るのか、まだ何も分りません。でも、自分の腕を磨きたいんです。エベレストを目指したいんです。どうか、お願いします！」

万里はもう一度テーブルにぶつかる勢いで頭を下げた。

周作は根負けしたような顔で溜息を吐き、千佐子を見た。千佐子は小さく頷いた。

「分りました。どうぞ、頭を上げて下さい」

万里は弾《はじ》かれたようにパッと頭を上げた。

「先ほど申し上げたように、うちには人を雇う余裕はありません。でも、あなたの熱意は分りました」

「正直、これまでは考えたことがなかったが、今、あなたを見ていて、自分の味を誰かに伝えたいと思いました。私が引退した後も、誰かが私の味を引き継いでいてくれたら、この世に何かを残したことになる……。そう思うんです」

「ありがとうございます！」

万里はもう一度頭を下げた。

「ハッキリ言いますが、給料は雀《すずめ》の涙ほどしか出せません。その代わり、私の会得した技のすべてを、全力で伝えます。ただ、まったく見込みがないと分ったら、気の毒ですが辞めてもらいます」

そして、周作は次の言葉に力を込めた。

「取り敢えず一年うちで修業して、もし有望だと分ったら、私が働いていた料亭に推薦します。ミシュランで十年連続二つ星を取っている『登喜和亭《ときわてい》』という店です」

「すげえ！」

万里は素《す》っ頓狂《とんきよう》な声を上げ、再び八雲夫婦を苦笑させた。

「登喜和亭で更に腕を磨いて、自分の道を見付けて下さい。親方は太っ腹な良い方で、私が独立するとき力添えをして下さいました。あなたのことも応援してくれると思います」

喜びに身体《からだ》が震えそうになりながらも、万里は腹に力を入れて気持ちを引き締めた。

「それじゃ……」

新しい道は見えてきた。しかし、どれほど険しいか、まだ何も分らない。それが何処へ続くのか、果たして無事にゴールへたどり着けるか、すべてはこれから始まるのだった。

四月二十九日はかつての天皇誕生日、今は昭和の日となった。

その夜、はじめ食堂では万里の壮行会兼メイの歓迎会が開かれていた。

集まったのは二三・一子・要《かなめ》の一家女子三代と、いつものご常連野田梓・三原茂之・山手政夫・辰浪康平・菊川瑠美、それにメイの仲間のモニカとジョリーン、祖父の中条恒巳、万里の自称GF桃田《ももた》はな、訪問医の山下智《やましたさとる》と、馴染《なじ》みのメンバーが顔を揃《そろ》えた。

異色なのは、万里の両親、赤目《あかめ》千里《せんり》と郁子《いくこ》夫婦だった。

「何事も長続きせず、飽きっぽくていい加減だった息子が、一つの道を目指して努力するようになったなんて、私共としては、奇跡のようです」

「地道な努力が大切なことを、身を以《もっ》て教えて下さった、はじめ食堂さんのお陰だと思って、心から感謝しております」

万里の両親は、真摯《しんし》な口調で述べた。二人とも教育者で、現場での悲惨な事例（特に精神的な）を目にしているだけに、自分の息子が向上心を抱いてくれたことを、心から喜んでいるのだった。

万里から、両親が「武者修行」を全面的に支持してくれていると聞かされていたので、二三も一子も誠心誠意、応援することが出来た。

「今日はとにかく呑んで、食べて、万里君とメイちゃんの門出を祝って下さい」

二三はグラスを掲げて声を張り上げた。

乾杯の酒は康平が差し入れてくれたモエ・エ・シャンドンだ。

「かんぱ～い！」

瑠美はアシスタントと作ったオードブルとサンドイッチ類、メイは自慢の味噌汁と筍ご飯、山手は忘年会と同様に刺身の盛り合わせを差し入れた。

はじめ食堂では串《くし》カツ三種類とローストビーフ、中華風鯛《たい》の姿蒸しを提供した。鯛はもちろん、魚政《うおまさ》で仕入れた。

「万里、急にどうしたんだよ？」

はなが串カツを片手に、万里の脇腹《わきばら》を肘《ひじ》で突っついた。

「修業とか勉強とか、一番苦手なタイプでしょ。座右の銘は『濡《ぬ》れ手に粟《あわ》』と『楽して得取れ』のくせに」

「ふふん。それを言うなら『君子豹変《ひょうへん》』『男子三日遭わざれば刮目《かつもく》すべし』。はじめ食堂で働いた六年半の月日が、俺を変えたのさ」

「すぐに戻ってきなよ」

「すまねえな、はな。寂しい気持ちは良く分るが『会えない時間が愛育てるのさ』って、郷《ごう》ひろみは歌ってたぞ」

「ば〜か。今度行く店、高いんでしょ。私、安月給なんだよ」

「そっちかよ」

笑いをかみ殺している周囲の輪から、山下医師が顔を出した。

「だいじょうぶだよ、はなちゃん。僕が連れてくから」

「やった！　持つべきものは流行《はや》ってる訪問医だね」

はなは串カツを頰張った。

「八雲さんは、水曜定休なのよ。だから水曜の夜は、お客さんで来てくれるかもしれないわ」

二三が言うと、万里が先を引き取った。

「それに、八雲はランチやってないから、仕事は午後からなんだ。昼なら食べに来られるよ」

「考えてみれば、万里君も最初はお客さんだったのよね」

梓が感慨深げに呟《つぶや》いた。

「あの頼りないフリーターのニート青年が、こんな立派になるなんてねえ。人間って成長するのねえ」

「その高《たけ》え店で修業して、新しい卵料理も仕込んできな」

山手がぽんと万里の背中を叩いた。

康平がローストビーフを切りながら尋ねた。

「メイちゃん、店は今月いっぱい？」

「ううん。昨日付で退職した。片付けもあるから」

「そうだ、これからなんて呼べば良いかな？」

康平は瑠美とメイの顔を交互に見た。

「確かに、お店を退職したら、お店の名前はマズいわよね」

「本名の皐《さつき》さんじゃダメ？」

二三が訊くと、メイは嬉しそうに微笑んだ。

「そうして下さい。出来れば〝さっちゃん〟で」

メイ、いや皐は、祖父の中条の手に触れた。

「お祖父《じい》ちゃん、はじめ食堂に来てね。これから料理の勉強もするつもりだから、私の手料理、食べてもらいたい」

「ああ、分った。お前も身体に気をつけて、頑張りなさい」

それを見ていたモニカとジョリーンは、目を潤ませた。二人とも、かつて皐が祖父との行き違いに悩んでいた姿を見ているので、晴れて和解できたことが嬉しいのだ。

「さ、お祝いだから、じゃんじゃん呑んでよ」

康平が二人のグラスにシャンパンを注《つ》ぎ足した。もう一度乾杯の声が上がり、グラスが軽い音を立てた。

宴《うたげ》が終わりに近づいた頃、万里が厨房に入った。しばらくして、二三がみんなの前に進み出た。

「最後に、万里君が特別料理を作ります！」

一斉に歓声が上がった。

「特別料理って何？」

「水餃子です！」

万里が厨房から出てきて発表した。

「なんで水餃子なの？」

怪訝《けげん》な表情を浮かべたのははなだけではない。豪華なパーティー料理が並んだ宴のシメとして、水餃子はいくらか疑問符が付いた。

「はじめ食堂のお別れパーティーにピッタリだからさ。八雲じゃ作れないだろ」

一同、納得した顔になった。

丼《どんぶり》に茹で汁ごとよそった水餃子が配られた。タレはゆずポンとラー油だ。

湯気の上がる丼から水餃子をつまみ上げ、みんなフウフウ言いながらタレを付け、口に運んだ。モチモチした皮の食感と、具材の素直な美味しさにタレの味が重なって、口の中で溶け合った。

「水餃子、美味いわ。それに、シメにもピッタリ」

皐はそう言って万里に拍手を送った。

他の人たちも、自然と拍手していた。

万里は照れながらも、堂々と胸を張っている。

一子は瞼《まぶた》の裏側で、今の光景を昔と重ねていた。西亮介《にしりょうすけ》を送り出したお別れ会、あの時も最後はラーメンが登場した。あの時亮介は言った……。

「それじゃ、お二人の前途を祝して、三本締めと行きましょう!」

二三が明るい声で言うと、一子は椅子から立ち上がった。

「その前に、万歳《ばんざい》三唱。はじめ食堂、万歳!」

万里が、二三が、そしてみんなが続いて唱和した。

万歳三唱の声が、佃の夜空に小さく響いた。

# 食堂のおばちゃんの簡単レシピ集

皆さま、『夜のお茶漬け　食堂のおばちゃん11』を読んで下さって、ありがとうございます。お楽しみいただけたら幸いです。

読み終わって、気になる料理はありましたか？

今回も参考までに、いくつかレシピを記します。

例によって、手のかかる料理とお金のかかる料理はありません。

どうぞ、お気軽にトライして下さい。

## ①キノコの揚《あ》げ浸《びた》し

〈材　料〉２人分

しいたけ（中）４枚　しめじ２分の１袋　舞茸《まいたけ》２分の１袋

薄力粉・揚げ油・めんつゆ　各適量

〈作り方〉

●しいたけは石突きを取る。しめじと舞茸も石突きを取り、２つに分ける。

●キノコに薄力粉を薄く付ける。

●１６０度に熱した油で、キノコを１分ほど揚げる。めんつゆを指定の濃度に薄め、軽く温めてからキノコにかける。

〈ワンポイントアドバイス〉

☆お好みで酢橘《すだち》・かぼす・生姜《しょうが》の搾《しぼ》り汁をかけても美味《おい》しいですよ。七味唐辛子を振ってもＯＫ。

## ②納豆茶漬け

〈材　料〉２人分

納豆２パック　ご飯茶碗《ちゃわん》２杯　海苔《のり》・ほうじ茶（煎茶《せんちゃ》）　各適量

〈作　り　方〉

●納豆をかき混ぜ、辛子と醤油《しょうゆ》を少しずつ加えながら更に混ぜる。

●大きめの茶碗、または丼《どんぶり》にご飯をよそい、海苔を散らして納豆を載せたら、熱いほうじ茶（煎茶）を回し掛ける。

〈ワンポイントアドバイス〉

☆食べる前は「？」ですが、食べると美味《うま》いです。

## ③鱈《たら》のソテー

〈材　料〉２人分

生鱈の切身２枚　塩・胡椒《こしょう》　各適量　バター10g

サラダ油大匙《おおさじ》１杯　白ワイン（日本酒でも可）大匙２杯

〈作　り　方〉

●鱈に軽く塩を振り、10分ほど置いたらにじみ出した水分をキッチンペーパーで良く拭《ふ》き取る。

●鱈に塩・胡椒して下味を付ける。

●フライパンにサラダ油を引いて中火にかけ、バターを落とし、溶け出したら皮を下にして鱈を置き、白ワインを振って焼く。

●２分ほど焼いたらフライ返しで裏返し、更に２分ほど焼く。

●鱈が白くなったら出来上がり。

〈ワンポイントアドバイス〉

☆クセがない美味しさなので、レモン汁・マスタード・マヨネーズなどを使ったソースをかけても良く合います。

## ④ホテルの目玉焼き

〈材　料〉１人分

卵２個　サラダ油適量

〈作　り　方〉

●オーブンを１６０度で予熱しておく。

●卵を一つずつボウルに割り入れる。

●直径18センチのフライパンにサラダ油をたっぷり引き、強火で油を馴染《なじ》ませたら、余分な油は別の容器に移す。

●低い位置から卵をフライパンに流し入れる。

●直火で１分ほど焼いてからフライパンごとオーブンに入れ、４分間加熱する。

●オーブンから出したらフライパンをガスの中火に当て、くっついている卵を離す。

〈ワンポイントアドバイス〉

☆直径18センチのフライパンを使うと白身の縁が立ち、均一の厚さに仕上がります。

☆たかが目玉焼き、されど目玉焼きの逸品です。

## ⑤鴨《かも》めし

〈材　料〉２人分

鴨肉２００g　炊きたてご飯丼2杯　卵2個　長ネギ３分の１本

つけ汁（醬油２・酒１・みりん１の割合）適量　サラダ油適量

〈作　り　方〉

●鴨肉は一口大のそぎ切りにし、長ネギは細かく刻む。

●つけ汁の材料を鍋《なべ》に入れて沸騰させ、アルコールを飛ばしておく。

●フライパンに薄くサラダ油を引き、鴨肉を炒《いた》め焼きする。火が通ったらつけ汁につけておく。

●卵を器に割り入れ、良くかき混ぜたら、鴨肉とつけ汁、刻んだネギを入れる。

●炊きたてのご飯にかけて食べる。

〈ワンポイントアドバイス〉

☆大石内蔵助《おおいしくらのすけ》が討ち入り前に食べたといわれる勝負飯です。池波正太郎《いけなみしょうたろう》のエッセイで読みました。

☆エッセイでは「鴨の肉を焙《あぶ》って小さく切ったのへ」とありましたが、面倒なのでフライパンで炒め焼きにしました。
☆面倒なら、つけ汁はめんつゆで代用して下さい。

## ⑥白いオムライス

〈材　料〉1人分

卵黄の色の薄い卵2個　玉ネギ・人参《にんじん》・ハム　各適量　ご飯茶碗1杯

塩・胡椒・サラダ油　各適量　ケチャップ（お好みで）

〈作　り　方〉

●玉ネギ・人参は粗みじん、ハムは1センチ角に切る。

●卵はボウルに割り入れて、かき混ぜておく。

●フライパンにサラダ油を引き、野菜とハムを炒め、火が通ったらご飯を入れて炒め、塩・胡椒で味付けする。

●炒めたご飯を皿に移し、フライパンにもう一度サラダ油を引き、卵を流し入れて半熟状態まで火を通す。

●卵の中央に炒めご飯を載せ、卵で全体を包むように形成して皿に載せる。

●お好みでケチャップをかける。

〈ワンポイントアドバイス〉

☆黄身の色の薄い特殊な卵が手に入らない場合は、卵の白身だけでオムレツを作り、炒めご飯に載せる方法もあります。

☆市販のホワイトソースを温めてかけても美味しいですよ。

## ⑦春野菜の天ぷら

〈材　料〉2人分

あしたば2分の1束　ふきのとう1パック　タラの芽1パック
薄力粉適量　天ぷら粉適量　大根おろし・おろし生姜　各適量
めんつゆ・塩　各適量

〈作り方〉

●あしたばは洗って水気を切り、葉と茎に分ける。
●ふきのとうは茶色く変色した部分を取る。
●タラの芽は固い部分を切り落とす。
●春野菜に、満遍なく薄力粉をまぶしておく（下衣）。
●天ぷら粉を冷たい水で溶く。
●春野菜に天ぷら粉の衣を薄く付け、１７０～１８０度の油で2分ほど揚げる。あしたばは、葉は片面1分、返して1分くらい、茎は2分揚げる。めんつゆを指定の濃度に薄めて鍋で温める。
●天ぷらを皿に盛り、めんつゆ（大根おろしとおろし生姜入り）と塩を添えて出す。

〈ワンポイントアドバイス〉

☆天ぷらを「塩でお召し上がり下さい」と言ってめんつゆを出さない店は嫌いです。もし塩で食べさせるなら、衣は出来る限り薄くしないと×です。

## ⑧青柳《あおやぎ》・ウド・ワケギのぬた

〈材　料〉２人分

青柳１パック（60～80ｇ）　ウド１００ｇ　ワケギ２分の１束
味噌《みそ》大匙４杯　砂糖大匙２杯　酢大匙２杯
酒大匙１杯　練り辛子大匙１杯

〈作り方〉

●青柳は生の場合は塩を振って水で洗い、食べやすい大きさに切る。
●ウドは固い部分を切り落とし、5センチくらいの長さに切りそろえたら皮を剝《む》いて短冊に切り、塩水に10分ほどつけてから水気を切る。
●ワケギは水洗いし、根を切り落としたら白い茎の部分と緑の葉の境目で切り、葉の部分は３～４センチの長さに切りそろえる。
●鍋に湯を沸かし、沸騰したら塩をひとつまみ入れる。そこにまずワケギの茎を入れ、沸騰したら葉を入れて、もう一度沸騰したらザルにあける。冷めたら茎を３センチくらいの長さに切り、水気を良く絞る。葉の方も良く水気を絞る。

●鍋に味噌・砂糖・酢・酒を入れて弱火にかけ、練りながら火を通す。最後に練り辛子を加え、混ぜ合わせて辛子酢味噌を作る。

●青柳、ウド、ワケギをボウルに入れ、辛子酢味噌を加えて和え、器に盛る。

〈ワンポイントアドバイス〉

☆辛子酢味噌のレシピは私の好みで、甘味少なめで辛子多めです。皆さんはご自身のお好みで配分を変えて下さい。

☆面倒だったら、市販の辛子酢味噌を使ってＯＫです。そこにご自分の好みで調味料を足しても良いと思います。

## ⑨シジミのパスタ

〈材　料〉２人分

パスタ２００g　シジミ（冷凍でも可）２００g
ニンニク１片　鷹《たか》の爪《つめ》１本　大葉４枚　酒１００cc
オリーブオイル大匙２杯　塩・胡椒　各適量

〈作り方〉

●シジミは塩水に入れて砂出しし、洗ってザルにあけ、水気を切る。
●ニンニクはスライス、鷹の爪は種を取って小口切り、大葉は千切りにする。
●鍋に湯を沸かし、パスタを表示時間の１分前まで茹《ゆ》でる。
●フライパンにオリーブオイルを引き、ニンニクと鷹の爪を入れ、弱火で香りが立つまで火を通す。
●シジミを入れ（冷凍の場合は袋から直接入れてよい）、強火にしたら酒を入れて沸騰させ、蓋《ふた》をして加熱する。

●シジミの口が開いたら、パスタを入れ、塩・胡椒して、シジミのスープをパスタに吸い込ませるようにしながら混ぜ合わせる。

●皿に盛り、大葉の千切りを散らして出来上がり。

〈ワンポイントアドバイス〉

☆アサリのパスタが美味なら、シジミのパスタも美味しいはずで、盲点でした。

☆貝は冷凍すると旨味《うまみ》成分が４倍になるので、冷凍してから使うのがお勧めです。

## ⑩水《すい》餃子《ギョーザ》

〈材　料〉２人分

豚ひき肉２５０ｇ　キャベツの葉６～７枚　生姜２片

酒大匙１杯　オイスターソース大匙１杯　醬油大匙１杯　塩適量

餃子の皮適量　つけダレ（ゆずポン・ラー油・砂糖　各適量）

〈作　り　方〉

●キャベツの葉をみじん切りにし、塩を少し振って混ぜ合わせ、５分ほどしたら水気を良く絞る。

●生姜は皮を剝いて擂《す》り下ろす。

●ボウルにひき肉とキャベツ、おろし生姜、酒を入れてよく混ぜ合わせ、醬油とオイスターソースを加えて混ぜる。

●餃子の皮で具材を包む。

●鍋に湯を沸かし、沸騰したら餃子を入れ、もう一度沸騰して餃子が浮いてきたら、網ですくって皿に盛る。

●小皿につけダレを入れて、付けて食べる。

〈ワンポイントアドバイス〉

☆水餃子をスープに入れて、雲呑《ワンタン》風に食べるのも美味しいです。

☆餃子の具材とつけダレは、様々なバリエーションがあり、レシピも色々公開されていますから、お試し下さい。

## 最後にひと言

いつも簡単でリーズナブルな料理を心掛けていますが、今回は特に手間要らずが揃《そろ》っていると思いませんか？

簡単な料理ほどアレンジの幅も広いものです。皆さまもご自身の好みに合わせて、自分流のレシピをお考え下さい。

嬉《うれ》しいことに、このレシピ集を参考にご自身で料理を作っている若い男性の読者もいるのですよ。

料理に失敗はありません。思い付いたら、トライしてみましょう！

本書の第一話から第四話は「ランティエ」二〇二一年九月号~十二月号に連載されました。第五話は書き下ろし作品です。

Haruki Bunko
ハルキ文庫

や 11-13

夜《よる》のお茶《ちゃ》漬《づ》け 食堂《しょくどう》のおばちゃん⑪

著者 山口恵以子《やまぐちえいこ》

2022年1月18日第一刷発行
2023年4月8日第六刷発行

発行者 角川春樹

発行所 株式会社角川春樹事務所
〒102-0074 東京都千代田区九段南2-1-30 イタリア文化会館

電話 03(3263)5247(編集)
03(3263)5881(営業)

印刷・製本 中央精版印刷株式会社

フォーマット・デザイン 芦澤泰偉
表紙イラストレーション 門坂 流



ISBN978-4-7584-4457-6 C0193 ©2022 Yamaguchi Eiko Printed in Japan
http://www.kadokawaharuki.co.jp/[営業]
fanmail@kadokawaharuki.co.jp[編集] ご意見・ご感想をお寄せください。

JASRAC 出 2108838-306

山口恵以子の本

# 食堂メッシタ

ミートソース、トリッパ、赤牛のロースト、鶏《とり》バター、アンチョビトースト……美味《おい》しい料理で人気の目黒の小さなイタリアン「食堂メッシタ」。満希《まき》がひとりで営む、財布にも優しいお店だ。ライターの笙子《しょうこ》は母親を突然亡くし、落ち込んでいた時に、満希の料理に出会い、生きる力を取り戻した。そんなある日、満希が、お店を閉めると宣言し……。イタリアンに人生をかけた料理人とそれを愛するひとびとの物語。

ハルキ文庫